윤동주를 읽다

윤동주를 읽다

시대의 아픔과
부끄러움에 대한 성찰

전국국어교사모임 지음

머리말

빛나는 눈, 우뚝 솟은 콧날, 앙다문 입술에 반듯한 얼굴로 시대를 아파하고 자신의 부끄러움을 성찰하던 슬픈 시인. '하늘을 우러러 한 점 부끄럼이 없기'를 소망한 시인. '모든 죽어가는 것을 사랑'한 시인. '하늘과 바람과 별과 시'를 사랑한 시인.

우리나라 사람들이 좋아하는 시인 가운데 한 명이 윤동주이다. 27년 2개월이라는 짧은 삶을 살고 갔지만, '별빛이 내린 언덕 위에' 쓴 자신의 이름이 부끄러워 '흙으로 덮어버리었'지만, 해방이 된 세상에서 빛나는 이름으로 우리의 사랑을 받는 시인이 되었다.

윤동주의 시가 이렇게 사랑을 받는 이유는 무엇일까? 윤동주의 시는 간결하고 아름다운 시어를 통해 '나'를, '시대'를 이야기한다. 어찌할 수 없는 시대적 상황 속에서 자신의 부끄러움을 성찰한다. 이 성찰은 일제강점기라는 참혹한 시대를 살았던 자신과 시대를 위로하고, 시를 읽는 우리를 위로한다. 맑은 심성과 단정한 마음으로 삶의 아픔을 어루만진 그의 시들은 나름의 아픔과 슬픔으로 살아가는 우리의 마음을 따뜻하게 어루만진다.

이 책에 실린 윤동주의 시는 22편이다. 윤동주의 시들 중에서 우리에게 익숙하거나 윤동주 시의 참맛을 알 수 있는 시편들을 골라 엮었다. 윤동주의 삶과 행적들, 시에 대한 설명들을 읽으면서 윤동주 시의 매력을 찾으면 좋겠다. 조금은 더 윤동주의 시를 깊게 이해할 수 있으면 좋겠다.

이 책은 우리가 잘 알고 있는 윤동주의 시를 좀 더 쉽게 만날 수 있도록 안내한다. 이 책을 읽으며 윤동주가 더 좋아졌으면 좋겠다. 우리의 청소년들이, 바삐 사는 현대인들이 윤동주의 넓고 깊은 시 세계에 흠뻑 젖었으면 좋겠다.

권진희, 이정관

차례

머리말 4

일러두기

1. 윤동주 시의 원본은 《정본 윤동주 전집》(홍장학 엮음. 문학과지성사)을 참고하였습니다.

2. 원본 중 한자는 모두 한글로 바꾸었습니다.

3. 현대어로 바꾼 것은 《정본 윤동주 전집》을 참고하였고, 더 바꿀 필요가 있는 것들은 선생님들과 협의하여 가장 적절한 것으로 선택하여 바꾸었습니다.

4. 원문을 현대어 표기법에 맞게 맞춤법과 띄어쓰기 등을 바꾸었고, 원문의 뉘앙스를 살려야 할 필요가 있는 시어들은 그대로 살려두고 각주를 달아 설명하였습니다.

5. 마침표나 쉼표 등은 꼭 필요한 경우가 아니면 원문과 같게 표시하였습니다.

윤동주의 삶과 작품 세계

윤동주의 삶

빛나는 눈, 우뚝 솟은 콧날, 앙다문 입술에 반듯한 얼굴. 밤비가 속살거리는 남의 나라 육첩방에서 반듯한 얼굴을 하고 반듯한 글씨로 한 자 한 자 꾹꾹 눌러가며 시를 썼을 윤동주. 시가 쉽게 씌어지는 것을 부끄러워하며, 하늘과 바람과 별과 시를 사랑하는 마음으로 27년 2개월을 살았던 시인 윤동주.

윤동주는 1917년 12월 30일, 북간도 명동촌에서 태어났다. 함경북도 종성군 동풍면에 살다가, 증조할아버지와 할아버지가 1886년에 두만강을 건너 북간도로 이주했고, 윤동주의 아버지 윤영석과 어머니 김용은 북간도에서 만나 결혼하여 3남 1녀를 낳았다. 윤동주는 그들의 첫 아이였고, 해처럼 환하게 자라라는 '해환'이라는 이름이 잘 어울리는 아이였다. 이름처럼 햇살이 밝게 비추는 동네인 명동촌에서 나고 자란 윤동주는 명동촌의 기독교 신앙과 아름다운 자연 속에서 맑고 깨끗한 심성을 간직하며 자랐다.

1925년 아홉 살이 되던 해에 명동소학교에 입학하여 1931년 열다섯 살에 졸업한다. 평생을 함께했던 송몽규와 문익환 등이 그의 급우이다. 명동소학교 시절 《아이생활》, 《어린이》 등의 잡지를 구독하며 문학에 대한 꿈을 키웠으며, 5학년 때는 《새명동》 이라는 잡지를 발간하기도 했다. 명동소학교를 졸업하고 대랍자 (화룡)에 있는 중국인 소학교 6학년에 편입하여 1년을 더 다닌다. 〈별 헤는 밤〉에 나오는 '패, 경, 옥 이런 이국 소녀들의 이름'은 이 때 같이 다니던 중국인 친구들의 이름으로 추측된다.

윤동주가 본격적으로 시를 쓴 때는 은진중학교 시절이다. 1934년 열여덟 살인 은진중학교 3학년 때부터 시를 쓰고 그 시 끝에 날짜를 적어 보관한다. 1935년에 사촌형인 송몽규가 동아일보 신춘문예에 당선되는데, 이후 윤동주는 시 창작 활동에 더욱 매진하게 된다. 1935년 9월 평양 숭실중학교에 편입하여 한 학기의 학교생활을 마치고 용정으로 돌아와 광명중학교에 입학한다. 광명중학교에 재학하던 2년 동안 동시 창작에 몰두한다. 이 시절에 윤동주는 정지용의 시와 김영랑의 시를 정독하고 백석의 시집을 필사한다. 시를 읽고 시를 쓰며 시인이 되고자 끊임없이 노력한다.

1938년 스물두 살에 윤동주는 연희전문학교에 입학한다. 어쩌면 이 시기가 윤동주의 삶과 시에서 가장 빛나는 시절이 아니었을까 싶다. 1학년 때 썼던 〈새로운 길〉처럼 새로운 삶의 희망을 품은 시절, '민들레가 피고 까치가 날'던 시절, '아가씨가 지나고 바람이 일'던 시절이었다. 송몽규뿐만 아니라 강처중, 정병욱 등을 만나 삶을 이야기하고 시를 이야기하던 시절이었다. 〈이적〉, 〈아우의 인상화〉, 〈슬픈 족속〉, 〈병원〉, 〈위로〉, 〈서시〉, 〈또 다른 고향〉, 〈십자가〉, 〈별 헤는 밤〉, 〈자화상〉 등이 이때 쓴 시들이다. 그는 연희전문학교 졸업 기념으로 자선 시집을 내고자 했으나 살아서는 끝내 그 꿈을 이루지 못했다.

1942년 스물여섯 살에 윤동주는 도쿄에 있는 릿쿄대학 문학부 영문과에 입학한다. 그는 일본 유학을 위해 창씨개명을 한다. 1942년 1월 24일에 쓴 〈참회록〉은 이 창씨개명의 고통을 표현한 시다. '만 이십사 년 일 개월을 / 무슨 기쁨을 바라 살아왔던가'라는 표현에는 욕되고 욕된 그 시기의 아픔이 절절히 묻어 있다. 이 시기에 쓴 〈쉽게 씌어진 시〉 또한 일본 유학 동안 '홀로 침전하는' 자신의 부끄러운 삶을 성찰하는 시다.

1942년 10월 도시샤대학으로 편입한 그는 1943년 7월 14일 일본 경찰에 검거된다. 치안유지법 제5조 위반 '독립운동' 죄로 징역 2년을 선고받고, 1945년 2월 16일 윤동주는 스물아홉의 나이에 사망한다. 윤동주의 유해는 고향으로 돌아와 3월 6일 북간도의 중앙교회 묘지에 묻힌다. 6월 14일 그의 묘지에 '시인윤동주지묘'라고 새긴 비석이 세워졌다. 하늘과 바람과 별과 시를 사랑하는 마음으로 27년 2개월을 살았던 윤동주. 그는 죽어서야 시인이 되었다.

윤동주와 학교

명동소학교

사방이 산으로 둘러싸여 있는 아늑한 큰 마을, 명동. 윤동주가 14년을 산 곳이다. 27년 남짓의 생애에서 절반 이상을 산 곳이다. 윤동주는 1925년에 이곳에 자리 잡은 명동소학교에 입학한다.

명동학교는 1908년 서전서숙을 계승하여 신학문을 가르칠 명동서숙으로 개교하였고, 1909년 명동학교로 확대·발전시키면서 명동소학교가 시작된다. 그러나 1920년 일본의 만행으로 불타 없어지고, 1925년 중학교는 문을 닫는다. 소학교는 1932년까지 유지된 후 방치되었다.

근대 교육을 표방하며 민주, 민권, 자유, 평등의 기독교적 교육 이념을 토대로 한 명동소학교에서 윤동주는 기독교 정신을 바탕으로 하는 인간의 존엄성에 대한 교육을 받게 된다. 감수성이 풍부한 어린 윤동주에게 명동소학교의 교육은 삶의 뿌리가 되었을 뿐만 아니라 그의 시 세계에 정서적 바탕이 되었을 것이다. 1931년 윤동주는 명동소학교를 졸업하고 중국인 학교인 대랍자소학교 6학년에 편입하여 1년을 더 다닌다.

은진중학교

1931년 늦가을에 윤동주 일가는 명동촌에서 용정으로 이사를 한다. 이듬해 캐나다 선교부가 경영하던 미션스쿨인 은진중학교에 송몽규, 문익환과 함께 진학한다. 이때 이름을 아명인 '해환' 대신 '동주'로 쓰기 시작하였다.

재학 시절 윤동주는 축구 선수로 뛰기도 하고, 교내 잡지를 내느라고 등사 글씨를 쓰기도 하고, 교내 웅변대회에 참가하는 등 다양한 활동을 펼쳤다. 축구를 잘하는 문학 소년이었으며, 손수 재봉틀질을 하여 옷을 고쳐 입는 멋쟁이이기도 했으며, 의외로 수학도 잘하는 소년이었다.

은진중학교 3학년 때 〈초 한 대〉, 〈삶과 죽음〉, 〈내일은 없다〉 등의 시를 쓴다. 특히 〈초 한 대〉는 기독교 사상을 토대로 한 시로, 시적 완성도가 높다. 이로 미루어 보면 윤동주는 이전에도 많은 시를 썼을 것이다. 습작을 하다가 본격적으로 시를 쓰게 된 것은 그의 사촌형인 송몽규의 신춘문예 당선이 많은 영향을 끼쳤을 것이다. 송몽규는 윤동주와 같은 은진중학교 3학년 때 신춘문예 콩트 부문에 당선되었다. 송몽규의 신춘문예 당선은 윤동주에게 시를 쓰게 하는 결정적인 자극이 된 사건이었다.

숭실중학교

1935년 봄, 송몽규는 독립운동을 위해 중국으로 가고 문익환은 평양 숭실중학교로 간다. 그때 윤동주도 숭실중학교로 전학하고 싶어 했으나 학교에서 허락하지 않아, 은진중학교 4학년 1학기를 마치고 가을에 숭실중학교에 전학한다. 그런데 편입 시험을 잘못 쳐 4학년이 아닌 3학년으로 편입한다.

문익환은 4학년인데 자신은 3학년으로 다니게 되어 마음이 편치 않았으나, 그는 오히려 창작 활동에 몰두하여 시 10편과 동시 5편을 쓴다. 숭실중학교에서 보낸 시간이 7개월임을 생각하면 많은 시를 창작한 것이다. 이 가운데 숭실중학교 학우회지인 《숭실활천》에 〈공상〉이라는 시가 실렸다. 이 시는 윤동주가 쓴 시 가운데 최초로 활자화된 작품이다.

1936년 1월 신사참배를 거부했다는 이유로 숭실중학교 교장이 파면당하자 학생들은 항의 시위를 한다. 이로 인해 학교가 무기 휴교에 들어가자 윤동주는 3월에 용정으로 돌아와 광명학원 중학부 4학년에 편입한다. 7개월의 짧은 기간이었지만 반일의 분위기가 그득했던 숭실중학교에서의 시간들은 민족적 가치관을 형성하는 데 크게 기여했을 것이다.

광명학원 중학부

용정에는 은진, 대성, 동흥, 광명 이렇게 네 곳의 남자 중학교가 있었다. 광명을 제외한 세 학교는 반일 계통의 학교이며 4년제 중학교였다. 그리고 광명은 5년제 중학교로 친일계 학교였다. 그가 친일계 학교인 광명을 선택한 이유는 5년제인 광명이 대학 진학에 유리했기 때문이다.

2년 정도의 광명 시절, 그는 시 27편과 동시 22편을 썼다. 이 가운데 5편의 동시를 세상에 발표한다. 당시 연길에서는 《카톨릭 소년》이라는 어린이 잡지가 월간으로 발행되고 있었다. 여기에 윤동주가 투고하여 실린 시는 〈병아리〉, 〈거짓부리〉, 〈빗자루〉, 〈오줌싸개 지도〉, 〈무얼 먹고 사나〉 등이다. 발표는 안 됐지만 〈만돌이〉라는 시도 이 시기에 쓰였는데, 재미있고 발랄한 작품이다. 이 시기에 동시를 많이 썼던 이유는 그가 가장 좋아했던 시인인 정지용의 영향을 받았기 때문일 것이다. 1935년에 출판된 《정지용 시집》에 실린 동시들을 보며, 동시도 충분히 시로서의 가치가 있음을 인식한 듯하다. 또 그가 좋아했던 시인인 백석의 시를 필사하여 읽기도 하면서 문학적 소양을 높여갔다.

연희전문학교

《윤동주 평전》을 쓴 송우혜는 윤동주의 연희전문학교 시절을 '가장 풍요로웠던 시기, 가장 자유로웠던 시기'라고 말한다. 연희전문학교는 기독교계 학교였기 때문에 비교적 자유로운 학풍과 분위기 속에서 생활해 나갈 수 있었을 것이다. 서울이라고 하는 문화 중심지에서의 생활 또한 그에게 풍요로움과 자유로움을 주었을 것이다.

윤동주는 1938년 4월, 사촌형 송몽규와 함께 연희전문학교 문과에 입학한다. 기숙사에 입사한 그는 송몽규, 강처중과 함께 방을 쓰며 꿈을 키워나간다. 입학하고 한 달 후쯤인 5월 11일에 쓴 〈새로운 길〉은 새로운 곳에서의 설렘이 잘 드러난다. 〈새로운 길〉을 비롯하여 윤동주는 1년 동안 8편의 시와 5편의 동시를 쓴다. 방학이면 서울과 북간도 용정을 기차로 오고 가며 우리 민족의 모습을 상징적으로 쓴 〈슬픈 족속〉, 방학 동안 동생과 나눈 대화를 바탕으로 썼을 〈아우의 인상화〉 등은 연희전문학교 1학년 때의 작품이다.

2학년 때 윤동주는 기숙사에서 나와 하숙을 한다. 이 시기에 우리말 문예지인 《문장》이 창간되었고 많은 시인이 시집을 출판하였다. 윤동주는 이런 시집들을 읽으며 시를 쓴다. 〈자화상〉, 〈투르게네프의 언덕〉, 〈소년〉 등이 이 시기의 대표작이다. 연희전문학교 3학년인 1940년에는 한 해가 다 지나가는 12월에 쓴 〈팔복〉, 〈위로〉, 〈병원〉 이렇게 3편의 시만 남긴다. 시를 많이 쓰지는 못했지만, 이때 평생의 친구인 정병욱을 만난다.

3학년 때 다시 기숙사 생활을 하다가 4학년 때는 친구 정병욱과 하숙을 한다. 이때 16편의 시를 쓴다. 〈무서운 시간〉, 〈간판 없는 거리〉, 〈눈 오는 지도〉, 〈십자가〉, 〈또 태초의 아침〉, 〈또 다른 고향〉, 〈길〉, 〈별 헤는 밤〉 등이 이 시기에 쓴 작품들이다. 졸업 기념으로 시집을 내려고 할 때 서문처럼 쓴 〈서시〉도 이때 쓰였다.

윤동주는 연희전문학교 졸업 기념으로 자선 시집을 77부 한정판으로 내려 했으나 시대적 상황과 맞물려 내지 못하게 된다. 이때 3부를 필사하여 한 부는 자신이 가지고, 한 부는 은사인 이양하에게, 다른 한 부는 정병욱에게 주었다. 정병욱이 잘 보관해 둔 덕분에 지금 우리가 윤동주의 시를 읽을 수 있는 것이다.

도쿄 릿쿄대학

1942년 4월에 윤동주는 도쿄에 있는 릿쿄대학 문학부 영문과에 입학한다. 일본으로 유학을 가기 위해 그는 창씨개명을 한다. 창씨개명을 하지 않으면 유학을 갈 수 없었을 뿐만 아니라, 일본으로 가는 데 필요한 도항증명서도 뗄 수 없었다. 그리하여 윤동주는 '히라누마 도오쥬우'가 된 것이다. 이 상황을 표현한 시가 1942년 1월 24일에 쓴 〈참회록〉이다.

윤동주의 도쿄 시절은 길지 않았다. 3월에 릿쿄대학 입학시험부터 여름방학 중인 7월 하순까지 5개월가량이었다. 이때 쓴 시 가운데 대표적인 것이 〈쉽게 씌어진 시〉이다. 윤동주가 재학하던 당시의 릿쿄대학은 성공회에서 경영하는 기독교계 사립학교였으나 전시라는 이유로 단발령을 강요하는 등의 군국주의가 횡행하였다.

교토 도시샤대학

윤동주는 여름방학을 맞아 귀향했다가 송몽규가 다니고 있던 교토제국대학 편입을 목표로 급히 다시 일본으로 건너간다. 1942년 10월 교토제국대학 대신 교토 도시샤대학 문학부 문화학과 영어영문학 전공으로 편입한다. 교토는 윤동주가 연희전문학교에서 가장 존경했던 이양하가 고등학교와 대학원을 다닌 곳이었고, 도시샤대학은 윤동주가 가장 좋아하는 시인인 정지용이 다닌 대학이었다.

윤동주는 1942년 10월부터 1943년 7월까지 이 학교에서 두 학기를 보낸다. 그러다 1943년 7월 14일 일제 경찰에 체포된다. 도시샤대학 시절에도 시를 썼을 것이나, 체포되면서 한글로 쓴 글을 모두 압수당하고 만다.

윤동주와 사람들

송몽규와 문익환

어린 시절 윤동주에게 많은 영향을 끼친 사람은 송몽규와 문익환이다. 송몽규는 윤동주와 사촌지간으로, 한집에서 석 달 간격으로 태어난다. 학창 시절 대부분을 함께 보냈으며, 일본 유학도 함께했다. 교토에서 같은 사건, 같은 죄목으로 얽혀서 체포되었으며, 같은 감옥에서 복역하다가 19일 간격을 두고 옥사한다. 문익환 또한 윤동주와 같은 마을에서 태어났으며, 명동소학교에서부터 광명학원 중학부까지 같이 다녔다.

　송몽규는 1935년 동아일보 신춘문예 콩트 부분에 〈술가락〉이란 작품으로 당선된다. 이 일은 문학 소년이었던 윤동주에게 큰 문학적 자극이 된다. 윤동주는 송몽규가 신춘문예에 당선되기 전부터 자기 작품에 완성한 날짜를 명기하면서 작품들을 보관했는데, 송몽규의 신춘문예 당선은 그를 문학적으로 더 분발하고 각성하게 한다. 그리고 송몽규는 은진중학교 3학년을 수료하고 독립운동을 하기 위해 중국 낙양군관학교에 들어가는데, 이 사건은 뒷날 윤동주와 송몽규의 옥사 원인이 된다.

〈이런 날〉(1936. 6. 10.) 마지막 연에서 "이런 날에는 / 잃어버린 완고하던 형을 / 부르고 싶다"라고 이야기하는데, 이 완고하던 형이 바로 송몽규이다. 이 시를 쓰던 당시 송몽규는 낙양군관학교에 들어간 것이 발각되어 함경북도의 어느 감옥에 갇혀 있었다. 이때부터 송몽규는 요시찰 인물로 감시를 당했으며, 1943년 교토에서 윤동주와 함께 체포되어 투옥되었다. 투옥된 감옥에서 둘은 나란히 옥사한다. 송몽규는 사촌형으로, 친구로, 함께 문학을 하는 동지로 윤동주와 삶과 죽음을 같이했다.

문익환도 윤동주와 함께 성장한다. 문익환의 회고에 의하면 윤동주, 송몽규, 문익환은 성적이 항상 좋았다고 한다. 문익환은 윤동주가 자기보다 한발 앞선다는 생각에 열등감을 가졌고, 그런 윤동주는 송몽규에게 열등감을 가지고 있었다고 한다. 셋은 서로에게 자극을 주면서, 또 우정을 나누면서 함께 성장한다.

백석과 정지용

윤동주가 평생 좋아했던 시인으로 백석과 정지용을 꼽을 수 있다. 이 두 시인은 윤동주의 시에 많은 영향을 끼쳤다.

윤동주가 신문 기사 등을 모은 스크랩을 보면 정지용의 시가 상당하고, 그가 열아홉 살에 직접 구입해서 밑줄을 쳐가며 읽었던《정지용 시집》이 유품으로 남아 있다. 윤동주는 1936년 12월 이후 동시를 주로 쓴다. 그 이유는 1935년 10월에 출판된 《정지용 시집》의 영향으로 짐작된다. 《정지용 시집》을 살펴보면 동시와 민요조의 시들이 독립된 장에 23편이나 실려 있다. 윤동주가 이 시집을 읽으면서 동시의 매력에 빠져 동시 창작에 매진하지 않았나 싶다. 또 정지용이 쓴 두 편의 〈비로봉〉과 윤동주의 〈비로봉〉은 제목뿐만 아니라 시어, 형식, 내용 면에서 유사한 점이 많다. 〈비로봉〉은 두 시인이 각각 금강산 비로봉을 등정한 후 쓴 시다. 아마도 숭실중학교 학생으로 금강산 수학여행을 다녀온 윤동주가 정지용의 시를 읽고 자신의 감흥을 표현한 것이라 생각된다.

정지용은 윤동주 시에 영향만 준 것이 아니라 윤동주의 시를 알리는 데도 큰 역할을 한다. 해방 이후 1947년 2월 13일자 경향신문에 시 〈쉽게 씌어진 시〉를 발표할 때도 정지용 자신이 직접 소개문을 덧붙여 게재하여 윤동주의 시를 세상에 알렸다. 또 1948년 1월에 출간된 윤동주의 유고 시집 《하늘과 바람과 별과 시》의 초간본 서문을 쓰기도 했다.

정지용 못지않게 윤동주의 시에 영향을 준 시인은 백석이다. 1936년 1월에 나온 백석의 시집 《사슴》이 한정판이라 구할 수 없게 되자 윤동주는 학교 도서관에서 그 시집을 베껴 필사본을 만들어 가졌다. 그리고 그 필사본 시집을 밑줄을 그어가며 읽었으며, '그림 같다', '걸작이다' 등의 메모를 남기기도 한다. 특히 백석의 〈흰 바람벽이 있어〉와 윤동주의 〈별 헤는 밤〉은 발상과 표현 방식이 유사하다. 두 시는 '흰 바람벽'과 '별'이라는 매개체를 통해 그리운 사람들을 떠올린다. 또한 가장 그리운 대상으로 어머니를 이야기하고 있으며, 프랑시스 잠, 라이너 마리아 릴케 등의 시인을 열거하는 점도 비슷하다.

정병욱과 강처중

윤동주의 시가 세상에 나와 빛을 발하는 데 가장 큰 역할을 한 사람이 정병욱과 강처중이다. 이들이 윤동주 원고를 가지고 있지 않았다면 윤동주의 작품들이 전해지지 않았을 수도 있다. 지금 알려진 윤동주의 시는 동생인 윤혜원이 보관한 원고들과 정병욱, 강처중이 소장한 원고들이다.

1940년 윤동주가 연희전문학교 3학년일 때 1년 후배인 정병욱과 만난다. 정병욱과 친해진 윤동주는 연희전문학교 졸업 기념으로 시집을 출판하려고 19편의 시를 묶어 '하늘과 바람과 별과 시'라는 제목으로 3부를 필사한다. 이 가운데 하나는 자기가 갖고, 이양하와 정병욱에게 1부씩 준다. 윤동주에게 필사본 자선 시집을 받은 정병욱은 그것을 전남 광양시 진월면 망덕리에 있는 본가에 옮겨다가 보관했다. 윤동주와 이양하가 가지고 있던 필사본은 사라지고 이 필사본이 남아 해방 후에 윤동주의 시가 세상에 나오게 된다.

강처중은 연희전문학교 기숙사에서 윤동주, 송몽규와 함께 방을 쓰며 친해진다. 윤동주는 일본 유학을 떠날 때 가장 친한 친구였던 강처중에게 자기가 쓰던 책상과 책, 시 원고 등을 맡긴다. 이것들을 해방 후 윤동주의 아우 윤일주에게 넘겨주는데, 현재 남아 있는 윤동주의 유품들 대부분은 강처중이 보관했다가 유족에게 넘겨준 것이다. 윤동주가 맡겼던 물건뿐만 아니라 일본 유학 후에 나온 연희전문학교 졸업앨범과 일본에서 쓴 시들도 유족에게 넘겨준다. 윤동주가 만 3년의 일본 유학 시절 동안 쓴 시는 다섯 편이 남아 있다. 이 다섯 편의 시는 윤동주가 강처중에게 보낸 편지 속에 들어 있던 시들이다. 그 당시는 일본어만 강요하던 시기라 안전을 위해 편지 부분은 폐기하고 시만 남겨두었다고 한다. 편지를 폐기하는 과정에서 〈봄〉이라는 시는 시의 끝부분과 시 끝에 적어놓았을 완성 날짜가 없어졌다.

강처중은 해방 후 경향신문 기자로 있으면서 윤동주의 시를 세상에 알리는 일에 앞장선다. 경향신문에 시를 실을 때도 그 당시 대시인이었던 정지용의 소개문을 붙여 실을 수 있도록 힘을 쏟는다. 또 유고 시집 《하늘과 바람과 별과 시》에는 발문을 쓴다. 1948년 1월 30일에 출간한 《하늘과 바람과 별과 시》는 31편의 시로 이루어졌다. 정병욱이 보관했던 원고 19편과 강처중이 보관하고 있던 12편을 합한 것이다. 그들이 없었다면 지금의 윤동주 시인은 우리의 마음속에 존재하지 않았을 수도 있다.

02

키워드로

읽는

윤동주 시

새로운 길

내를 건너서 숲으로
고개를 넘어서 마을로

어제도 가고 오늘도 갈
나의 길 새로운 길

민들레가 피고 까치가 날고
아가씨가 지나고 바람이 일고

나의 길은 언제나 새로운 길
오늘도…… 내일도……

내를 건너서 숲으로
고개를 넘어서 마을로

내와 고개

'나'는 내를 건너고 고개를 넘어 새로운 길을 찾아간다. '나'는 어제도 그랬고 오늘도 그렇고 내일도 그러할 것이다. 내를 건너는 것과 고개를 넘는 것은 좀 고된 일이지만 '나'가 가야 할 궁극적인 목적지에 도착하기 위해서는 꼭 건너고 넘어야 한다.

숲과 마을

내를 건너고 고개를 넘어 꼭 가야 할 '나'의 목적지는 숲이고 마을이다. 내를 건너 숲으로 가는 길에는 민들레와 까치가 반길 것이고, 고개를 넘어 마을로 가는 길에는 아가씨가 지나가고 바람이 일 것이다. 내를 건너고 고개를 넘는 것은 고달픈 일이지만, 그 과정에서 만나게 될 민들레, 까치, 아가씨, 바람 같은 것들 때문에 숲과 마을로 가는 길이 외롭지만은 않을 것이다.

민들레, 까치, 아가씨, 바람   Q

숲으로 가는 길에는 민들레가 피어 '나'를 반기고, 까치도 반갑다며 '나'의 머리 위를 난다. 마을로 가는 길에는 예쁜 아가씨가 지나간다. 어쩌다 지나가는 아가씨와 눈이 마주친다면 '나'의 마음에도 살랑살랑 바람이 불지도 모르겠다. 그래서 어제도 가고 오늘도 갈 '나'의 길은 민들레, 까치, 아가씨, 바람을 만나는 설레는 길이다.

새로운 길   Q

'나'가 가는 길은 어제도 갔고, 오늘도 가고, 내일도 갈, 내를 건너고 고개를 넘어야 하는 똑같은 길이다. 그러나 '나'의 길은 언제나 새로운 길이다. 오늘도 새롭고 내일도 새롭다. 왜냐하면 새로운 무엇인가를 발견하고 새로운 누군가를 만나는 길이기 때문이다. '나'의 마음이 언제나 새롭기 때문이다. 보이는 모든 것이 새로워서 새로운 길이다.

이 시는······

<새로운 길>은 윤동주가 1938년 연희전문학교에 입학한 후 처음으로 쓴 시다. 대학 신입생다운 설렘이 잘 나타나 있다.

이 시의 내용은 단순하다. 화자가 내를 건너고 고개를 넘어서 숲과 마을에 간다. 이 길은 어제도 갔고, 오늘도 가고, 내일도 갈 길이다. 그 길에서 '나'는 민들레와 까치, 아가씨와 바람을 만난다.

화자가 가는 새로운 길의 종착지는 숲과 마을이다. 숲은 나무들이 모여 있는 곳이고, 마을은 사람들이 모여 있는 곳이다. 모여서 생을 이루고 삶을 이루는 곳이다. 화자가 가려는 곳은 이렇듯 서로 어우러진 삶의 공동체이다. 내와 고개는 숲과 마을에 가기 위해 거쳐야 하는 곳이다. 내를 건너는 일이나 고개를 넘는 일은 수고로움이 필요하니 고난과 역경일 수도 있지만, 그보다는 화자가 도달하고자 하는 곳에 가기 위한 과정이라고 보면 좋겠다. 사는 일은 내를 건너고 고개를 넘어야 하듯 조금은 힘들 수밖에 없다.

화자가 가는 이 새로운 길에서 만나는 소재들이 싱그럽다. 봄을 알리는 민들레, 반가운 새 까치, 어여쁜 아가씨, 걷는 길을 시원하게 해줄 바람. 걷는 일이 조금 고달파도 화자는 견딜 수 있겠다. 이런 길을 화자는 날마다 걷는다. 반복되는 길이지만 언제나 화자에게는 새로운 길이다. 그 길이 싱싱하고 건강해서 좋다. 지치지 않고 걷는 것 같아 좋다.

이적

발에 터분한 것을 다 빼어 버리고
황혼이 호수 위로 걸어오듯이
나도 사뿐사뿐 걸어보리이까?

내사 이 호숫가로
부르는 이 없이
불리어 온 것은
참말 이적이외다.

오늘따라
연정, 자홀, 시기, 이것들이
자꾸 금메달처럼 만져지는구려

하나, 내 모든 것을 여념 없이
물결에 써서 보내려니
당신은 호면으로 나를 불러내소서.

터분한 시원하지 못하여 답답하고 따분한.

연정 이성의 상대를 사랑하고 그리워하는 마음.

자홀 혼자서 황홀해함. 또는 자기도취에 빠짐.

호면 호수의 수면.

이적	🔍

이적이란 우리가 잘 알고 있는 '기적'과 비슷한 말이다. '기이한 일, 상식으로는 이해되지 않는 일'이라는 의미다. 황혼처럼 호수 위를 걷는다든가 부르는 이도 없이 이 호숫가로 불리어 온 일은 이적이고 기적이다. 그러나 이런 이적에는 다 뜻이 있을 것만 같다. '나'가 이 호숫가로 불리어 온 것은 '당신'의 뜻이 담겨 있는 것이라고 생각한다.

호수	🔍

고요한 호숫가에 앉아 호면을 바라보고 있으니 어느새 해가 뉘엿뉘엿 진다. 호숫가 수면 위로 햇살이 길게 늘어지자, 마치 황혼이 호수 위를 사뿐사뿐 걸어 '나'에게 오는 것만 같다. '나'도 황혼처럼 호수 위를 걸을 수 있을 것만 같다. '나'를 옥죄고 있는 터분한 것들을 다 빼버리고 가벼워질 수 있다면 말이다.

연정, 자홀, 시기   🔍

'나'의 발을 붙잡고 있는 터분한 것들은 무엇일까? '나'를 개운하지 못하게
답답하고 따분하게 만드는 것들은 무엇일까? 연정, 자홀, 시기. 이러한 속세
의 감정들이 '나'를 무겁게 하고 답답하게 한다. 타인과의 관계가 '나'를 옭
매게 한다. 타인을 그리워하는 마음, 타인과 비교하여 자기도취에 빠지는
마음, 타인을 미워하는 마음이 자꾸 금메달처럼 만져진다. 금메달처럼 타인
에 우월감을 느끼며 자만해지려고 한다.

당신   🔍

연정, 자홀, 시기가 '나'의 발을 옭죄고, 이러한 감정들이 '나'를 답답하게 한
다. 이런 상황에 '나'가 이 호숫가로 불리어 온 것은 이상한 일이다. 혹시 '당
신'이 '나'를 불러낸 것은 아닐까? '나'의 발에 터분한 것들을 다 빼버리고,
'나'의 모든 것을 호수의 물결에 써서 흘려보내라는 뜻은 아닐까? '당신'의
뜻대로 행하면 황혼이 호면 위로 걸어오듯이 '나'도 호수 위로 사뿐사뿐 걸
을 수 있을 것 같다. '당신'의 뒤를 따를 수 있을 것만 같다.

윤동주는 기독교인이다. 그래서 기독교 사상을 바탕으로 한 시를 쓰기도 했다. 이 시는 신약성서 마태복음 14장 25절에서 33절에 나오는 예수와 베드로의 이야기를 배경으로 하고 있다. "갈릴리 호수에서 예수의 제자들만 배에 탄 채 풍랑에 시달리고 있을 때 예수가 물 위를 걸어 그들에게 다가왔다. 물 위로 걸어오는 예수를 보자 유령인 줄 알고 예수의 제자들이 놀라자 예수가 자신임을 밝히고 안심시킨다. 누구나 믿음이 있으면 물 위로 걸을 수 있다고 하니, 베드로가 배에서 내려 물 위를 걸을 수 있었다."라는 이야기가 성경에 나오는 이적의 이야기다.

'나'는 황혼 녘에 호숫가에 서 있다. 황혼에 물든 석양이 호수를 걸어오는 듯한 느낌이 든다. '나'는 문득 이 모습을 보면서 이곳이 갈릴리 호수라는 생각이 든다. 예수가 이적을 행했던 곳. '나'는 이곳에 있는 것이 누군가에게 불려온 듯하다. 이곳에서 터분한 연정, 자홀, 시기를 버리면 호수 위를 걸을 수 있을 것 같다. 자신을 무겁게 내리누르고 있는 이성에 대한 그리움, 자기도취, 남에 대한 질투를 버리면 예수처럼, 베드로처럼 호면을 걸을 것만 같다.

성경을 바탕으로 하고 있다고 해도 이 시는 기독교의 정신을 그대로 이야기하지 않는다. 예수를 믿으면 호면을 걸을 수 있다고 이야기하지 않는다.

세속적인 것들인 연정, 자홀, 시기를 벗어나야 한다고 이야기한다. 세속적인 것들을 금메달처럼 여기면 안 된다고 말한다. 이 세속적인 성취를 버려야만 이적이 일어난다고 이야기한다.

　이 시를 읽다 보면 해 질 녘 붉게 물든 호수를 바라보는 시인을 만난다. 세속적인 성취에 매달린 듯한 자신의 모습을 보면서 자책하는 시인을 만난다. 그리 많은 것을 가지지 않았는데도, 그것을 버려야 제대로 살 수 있다고 생각하는 시인을 만난다. 성찰의 시인, 부끄러움의 시인이라는 호칭은 어쩌면 이 시에서부터 시작된 듯하다. 자신의 부끄러움에 대한 인식을 드러냄으로써 우리를 부끄럽게 하는 시인 윤동주를 이 시를 통해서 만날 수 있다.

아우의 인상화

붉은 이마에 싸늘한 달이 서리어
아우의 얼굴은 슬픈 그림이다.

발걸음을 멈추어
살그머니 앳된 손을 잡으며
"너는 자라 무엇이 되려니"

"사람이 되지"
아우의 설운 진정코 설운 대답이다.

슬며—시 잡았던 손을 놓고
아우의 얼굴을 다시 들여다본다.

싸늘한 달이 붉은 이마에 젖어,
아우의 얼굴은 슬픈 그림이다.

아우의 인상화

아우의 인상화(印象畵)란 '아우에 대한 느낌을 그린 그림', '아우의 얼굴에서 느낀 인상'으로 해석할 수 있겠다. 화자는 아우와 밤길을 걸으며 대화를 나눈다. 아우의 설운 대답을 들으며 달빛이 서린 아우의 얼굴을 들여다보면서 느낀 인상을 시로 쓰고 그것을 제목으로 삼았다.

슬픈 그림

아우의 얼굴은 슬픈 그림이다. 왜냐하면 아우의 앳되고 붉은 이마에 싸늘한 달이 서리어 있기 때문이다. 새로운 세대의 열정이 가득해야 할 얼굴에 싸늘한 달이 젖어 있기 때문이다. 이 싸늘한 달은 붉은 이마의 앳된 아우를 좀처럼 봐줄 생각이 없는 듯하다. 처음부터 끝까지 아우를 싸늘하게 비추고 있기 때문이다. 그래서 화자는 아우의 얼굴이 슬프게만 느껴진다.

너는 자라서 무엇이 되고 싶냐는 형의 질문에 아우는 "사람이 되지"라고 해 맑게 대답한다. 사람으로 태어났으므로 사람이 되는 것은 당연한 것이지만, 그 당연한 것조차 허락되지 않았던 암울한 시대라는 사실이 형을 더 슬프게 한다. 이 아이가 부디 '사람'이 되었으면 좋겠다. 부끄럽지 않은 사람이 되고, 부끄럽지 않은 어른이 되었으면 좋겠다.

'설운'은 '설익은'과 '서러운' 두 가지로 해석할 수 있다. '너는 커서 뭐가 될 래?'라고 물었더니 사람이 되겠다고 대답한다. 이는 당연한 대답이자 하나 마나 한 설익은 대답이다. 그 대답이 서럽기도 하다. 당연한 것조차 허락되지 않던 시대, 사람답게 살아가기도 힘겨웠던 시대였기에 그 대답이 서럽고 슬프다.

이 시는……

화자는 앳되고 붉은 뺨의 아우와 밤길을 걸으며 슬며시 물어본다. "너는 자라서 뭐가 되고 싶니?" 아우는 해맑은 목소리로 당연하다는 듯이 말한다. "사람이 되지!" 그 설익은 대답이 화자를 서럽게 한다. 어른이 된다는 건 어려운 일이다. 나이만 먹는다고 어른이 아니기 때문이다. 좋은 사람, 멋진 어른이 된다는 건 어려운 일이다. 게다가 사람답게 살아가기 힘든 상실과 핍박의 시대이기에 아우의 대답이 더 아프고 서럽다.

　앳되고 해맑은 아우의 얼굴을 싸늘한 달이 비춘다. 이 시에서 달은 지상을 냉정하게 비추는 존재이다. 그래서 싸늘하다. 이런 달이 1연에서는 아우의 붉은 이마에 서리어 있다. '서리다'는 '수증기가 찬 기운을 받아 물방울을 지어 엉기다.'라는 뜻으로, 붉은 이마에 달빛이 살짝 묻어 있다는 의미로 해석할 수 있을 것이다. 그런데 4연에서는 달이 붉은 이마에 젖어 있다. '젖다'는 '물이 배어 축축하게 되다.'라는 뜻이니까 스며들어 있다는 의미로 해석할 수 있다. 살짝 묻어 있던 싸늘한 달빛이 점점 스며들었다는 것이다. 이는 아우에 대한 연민이 깊어졌다는 의미로 읽을 수 있다. 그래서 아우의 얼굴은 슬픈 그림이다.

슬픈 족속

흰 수건이 검은 머리를 두르고
흰 고무신이 거친 발에 걸리우다.

흰 저고리 치마가 슬픈 몸집을 가리고
흰 띠가 가는 허리를 질끈 동이다.

흰색

이 시는 흰색의 이미지를 바탕으로 하고 있다. 흰 수건, 흰 고무신, 흰 저고리와 치마, 흰 띠. 흰색은 순결, 신성함, 태양 등을 상징한다. 특히 옛날부터 우리 민족은 백의민족이라고 불리었는데, 흰옷을 즐겨 입었기 때문이다. 왜 흰옷을 즐겨 입었는지는 자세히 알 수 없지만, 예로부터 우리 민족은 태양 숭배 사상이 강해 흰색을 신성하게 여겼으며, 이 때문에 흰옷을 즐겨 입었다는 주장도 있다.

수건, 고무신, 저고리, 치마, 띠

일을 할 때 안전을 위해서나 효율을 높이기 위해 입는 옷을 작업복이라고 한다. 이 시에 등장하는 흰색의 소재들 역시, 옛사람들이 농사를 짓거나 일상적인 노동을 할 때 착용하던 작업복이다. 땀을 닦기 위해 수건을 머리에 두르고, 고무신을 신고, 저고리와 치마를 입고, 옷이 흘러내리지 않도록 띠로 허리를 묶는다.

슬픈 족속 🔍

족속이란 '같은 계통에 속하는 겨레붙이'를 의미한다. 이 시에서는 우리 민족을 '슬픈 족속'이라고 말한다. 우리 민족은 왜 슬플까? 수건, 고무신, 저고리와 치마, 띠가 하얘서 슬픈 것은 아닐 것이다. 그것들이 검은 머리, 거친 발, 슬픈 몸집, 가는 허리와 함께하고 있기 때문이다. 우리 민족의 삶이 거칠고 슬프고 가늘기 때문이다.

수동적인 모습 🔍

이 시는 '슬픈 족속'을 주어로 삼지 않고 '흰 수건, 흰 고무신, 흰 저고리와 치마, 흰 띠'를 주어로 하여 슬픈 족속에게 둘리고, 걸리고, 가리어지고, 동여지게 한다. 다시 말해, 남의 힘으로 움직이도록 표현하고 있는 것이다. 왜 그랬을까? 일제라는 포악한 힘에 의해 움직일 수밖에 없었던 당시의 아픔을 나타내려고 한 것이 아닐까 싶다.

4행으로 이루어진 짧은 시다. 제목만 봐도 우리 민족의 모습을 이야기한다는 것을 쉽게 알 수 있다. 흰 수건과 고무신, 흰 저고리와 치마, 흰 띠. 우리 민족의 모습을 아주 단순하게 스케치한 작품이다.

4행의 시를 2연으로 나눈 이유가 뭘까 생각하면서 읽으면 1연은 남자의 모습이, 2연은 여자의 모습이 보인다. 그 당시 대체로 여자는 머리에 흰 수건을 쓰고, 남자는 머리에 흰 수건을 두르고 일을 했다. 거친 발도 남자에 잘 어울린다. 2연의 저고리와 치마, 가는 허리는 여자의 모습을 떠올리게 한다.

흰색 이미지를 반복하여 표현한 이 시를 읽으면 애잔하고 슬프다. 흰 수건을 두른 검은 머리. 일할 때 땀을 닦거나 마음을 다잡기 위해서 머리에 수건을 두른다. 먹고살기 위해 일하는 모습이 안쓰럽다. 이렇게 일을 하다 보니 발이 거칠어진다. 거칠어진 발로 일을 하는 조선의 남자가 슬프다. 흰 저고리와 치마는 슬픈 몸집을 가리고 있다. 가난하여 제대로 먹지 못한 조선 여인의 허리는 가늘다. 허기를 참으려 그러는지 흰 띠로 가는 허리를 질끈 동여맨다. 비쩍 마른 조선 여인의 삶이 슬프다.

이 시는 1938년을 살아가는 우리 민족의 슬픈 모습을 흰색의 이미지를 통해 간결하게 표현하고 있다. 윤동주가 우리 민족을 바라보던 시선과 안타까움, 그러나 어찌할 수 없는 아픔이 느껴지는 시다.

해바라기 얼굴

누나의 얼굴은
　해바라기 얼굴
해가 금방 뜨자
　일터에 간다.

해바라기 얼굴은
　누나의 얼굴
얼굴이 숙어 들어
　집으로 온다.

애기의 새벽

우리 집에는
닭도 없단다.
다만
애기가 젖 달라 울어서
새벽이 된다.

우리 집에는
시계도 없단다.
다만
애기가 젖 달라 보채어
새벽이 된다.

해바라기 얼굴   🔍

해바라기꽃은 하늘을 바라보며 햇빛을 향하는 꽃이다. 그래서 '향일화(向日花)'라고도 한다. 화자의 누나는 해바라기 같다. 해가 뜨면 해를 바라보며 일터로 가고, 밤이 되면 해바라기처럼 얼굴을 숙이고 지쳐 집으로 들어온다.

이 시는 하루 종일 힘들게 일하는 누나의 얼굴을 해바라기 얼굴에 빗대어 표현하고 있다. 꽃처럼 어여쁜 누나의 얼굴이 공장에서 햇빛도 못 보고 하루 종일 일하며 초췌해진 것에 대한 안타까움을 느끼게 한다.

애기의 새벽   🔍

가난한 화자의 집에는 닭도 없고 시계도 없다. 그래서 시간을 알 수가 없다. 닭도 없고 시계가 없어서 새벽이 오는지 알 수가 없지만, 애기가 새벽이 되면 배가 고파 깬다. 먹을 게 없어 배가 고픈 애기는 새벽마다 젖 달라며 울고 보챈다. 애기의 새벽은 배가 고프다. 가난한 집의 새벽은 희망찬 아침이 아니라 결핍으로 시작한다.

윤동주는 동시를 많이 썼다. 그 가운데 이 두 편의 동시는 슬프다. 슬프다는 표현은 없지만 그래서 더 슬프다. 슬픔을 참고 있는 모습이 울고 있는 모습보다 더 슬프듯이 말이다. 이 두 시는 그냥 상황을 말할 뿐이다. 그런데 슬프다.

<해바라기 얼굴>에서 누나는 해가 뜨자마자 일터로 간다. 그리고 해가 져서야 돌아온다. 해가 떠 있는 내내 일터에서 일한다. 해가 지면 해바라기의 고개가 숙어 들 듯이 누나도 고개가 숙어 들어 집으로 온다. 지쳤다는 말도, 힘들다는 말도 없는데, 지치고 힘든 누나를 만난다.

<애기의 새벽>은 애기가 새벽에 젖 달라고 우는 상황을 이야기한다. 아직 먼동도 트지 않은 새벽, 밤새 낑낑거리던 애기가 운다. 엄마는 안다. 배고파서 젖 달라는 울음이라는 것을. 그런데 젖이 나오지 않는다. 왜? 엄마가 먹은 게 없기 때문이다. 닭도 없고, 시계도 없고, 아무것도 없고 아이의 배고픈 울음소리뿐인 집. 새벽은 희망의 시간인데 이 시의 새벽은 아픔의 시간이다. 새벽, 이제 갓 시작인데 이 시작이 힘겹다. 그래도 시인은 힘겹다고 말하지 않는다. 그냥 새벽이 왔음을 이야기할 뿐이다. 그래서 참 슬프다.

감정을 절제하는 힘. 이게 시인의 힘이다. 뭉툭뭉툭 삐져나오려는 슬픔을 자기 것으로 하고 그냥 상황만을 전달하는 힘. 이게 시인의 힘이다. 삐져나오는 울음을 입을 틀어막아 참아내는……

투르게네프의 언덕

나는 고갯길을 넘고 있었다…… 그때 세 소년 거지가 나를 지나쳤다.

첫째 아이는 잔등에 바구니를 둘러메고, 바구니 속에는 사이다 병, 간즈매 통, 쇳조각, 헌 양말짝 등 폐물이 가득하였다.

둘째 아이도 그러하였다.

셋째 아이도 그러하였다.

텁수룩한 머리털, 시커먼 얼굴에 눈물 고인 충혈된 눈, 색 잃어 푸르스름한 입술, 너덜너덜한 남루, 찢겨진 맨발,

아 — 얼마나 무서운 가난이 이 어린 소년들을 삼키었느냐!

나는 측은한 마음이 움직이었다.

나는 호주머니를 뒤지었다. 두툼한 지갑, 시계, 손수건…… 있을 것은 죄다 있었다.

그러나 무턱대고 이것들을 내줄 용기는 없었다. 손으로 만지작만지작거릴 뿐이었다.

다정스레 이야기나 하리라 하고 "애들아" 불러보았다.

첫째 아이가 충혈된 눈으로 흘끔 돌아다볼 뿐이었다.

둘째 아이도 그러할 뿐이었다.

셋째 아이도 그러할 뿐이었다.

그러고는 너는 상관없다는 듯이 자기네끼리 소근소근 이야기하면서 고개로 넘어갔다.

언덕 위에는 아무도 없었다.

짙어가는 황혼이 밀려올 뿐 —

간즈매 '통조림'의 일본어.

남루 낡아 해진 옷.

투르게네프 　　　　　　　　　　　　　　 🔍

투르게네프는 도스토옙스키, 톨스토이와 함께 19세기 러시아 문학의 3대 거장 중 한 명이다. 투르게네프의 시는 1920년대 한국에 소개되었고, 그 가운데 <거지>라는 시는 일본과 한국에서 널리 읽혔다고 한다. 윤동주는 이 시를 패러디하여 <투르게네프의 언덕>을 썼다. '투르게네프'를 시의 제목에 넣은 것을 보면, 이 시가 투르게네프의 <거지>를 패러디했다는 것을 이야기하기 위한 것임을 알 수 있다.

거지와 '나' 　　　　　　　　　　　　　　 🔍

투르게네프의 <거지>라는 시에서는 거리에서 만난 늙은 거지가 먼저 '나'에게 동냥을 청한다. '나'는 지갑도, 시계도, 손수건도 아무것도 가진 것이 없어 용서를 구하며 거지의 손을 잡고, 늙은 거지는 그것도 적선이라며 괜찮다고 한다. '나'는 오히려 거지에게서 적선을 받았다는 걸 깨닫게 된다.

　<거지>와 <투르게네프의 언덕>은 공간, 대상, 화자의 상황과 심정 등 비교되는 부분이 많다.

너는 상관없다는 듯이   🔍

'나'는 무서운 가난에 삼켜진 세 소년 거지를 도울 능력이 있다. 두툼한 지갑, 시계, 손수건 등 있을 것은 죄다 있기 때문이다. 그러나 '나'는 이것들을 내줄 용기가 없다. 왜일까? 세 소년 거지에 대한 측은한 마음보다 자기 것을 내어주기 싫다는 이기적인 마음이 더 컸기 때문이다. 아까웠기 때문이다. 그래서 '나'는 투르게네프의 <거지> 속 '나'처럼 세 소년 거지의 손을 잡아주며 다정스레 이야기를 하려고 했으나, 그들은 '너는 상관없다는 듯이' 한 번 흘끔 돌아다보고 고개를 넘어간다. 그들은 '나'의 위선적 행동을 꿰뚫어 보고 있었는지 모른다.

동정   🔍

어린 소년에 대한 연민과 측은한 마음은 동정이다. 세 소년 거지에 대한 동정은 어설프다. 세 소년 거지는 자신의 할 일을 하고 있었을 뿐이다. 어설픈 동정을 받을 이유가 없었을지 모른다. 그래서 '너는 상관없다는 듯이' 자기들이 갈 길을 갈 뿐이다.

이 시는 투르게네프의 시 <거지>를 패러디한 작품이다. 투르게네프의 시의 내용은 이렇다. '길거리를 가다가 거지를 만납니다. 거지는 더러운 손을 내밀며 동냥을 청합니다. 나는 호주머니를 뒤져보지만 아무것도 없습니다. 그런데 거지는 여전히 기다리고 있습니다. 미안한 나는 거지의 손을 덥석 움켜잡습니다. 그러자 거지는 붉게 충혈된 눈으로 나를 물끄러미 올려다보며 손을 잡아준 것만으로 적선을 했다고 말합니다. 이 말을 듣고 나는 거꾸로 자신이 적선을 받았음을 깨닫습니다.'

투르게네프의 시를 패러디했지만 이 시의 주제는 전혀 다르다. 투르게네프의 시는 가난한 사람들에 대한 연민을 주제로 한다. 그러나 이 시는 가식적인 인간의 모습을 풍자하고 있다. 거지에게 연민을 느끼면서도 도움을 주저하는 인간의 이중성을 이야기한다.

화자는 고갯길을 넘는다. 굳이 고갯길을 공간적 배경으로 삼은 것은 화자의 삶도 험난함을 비유적으로 표현한 것이리라. 그곳에서 세 소년 거지를 만난다. 참으로 남루한 모습이다. 이 모습을 보고 측은한 마음이 든다. 도와주려고 호주머니를 뒤진다. 두툼한 지갑, 시계, 손수건 등 있을 것은 다 있다. 이것들 가운데 무엇이라도 그들에게 준다면 그들의 삶에 도움이 될 것이다. 그러나 화자는 그러지 못한다. 자기 것을 내줄 용기가 없다. 화자의 삶도 만만하지 않아서 그럴 것이다. 이것들을 주고 나면 자신이 힘들어질 것을 걱정해서 그럴 것이다. 그래서 그 아이들의 마음이라도 위로하려고 그들을 부른다. 아이들은 충혈된 눈으로 흘끔 돌아다보다 자기네끼리 소곤거리며 고개를 넘어간다. 세 소년 또한 화자가 도와주지 않을 것을 알기 때문일 것이다.

투르게네프의 시는 적선할 것이 없어 손을 잡아주는 행동이 큰 적선이 되고, 그 마음을 통해 더 큰 적선을 받는 사회의 모습을 이야기한다. 그러나 이 시의 화자는 세 소년 거지에게 연민을 느끼기는 하지만 도와주지는 않는다. 연민과 동정을 느끼지만 그것을 실천하지 못하는 가식적인 모습과 헛된 이웃사랑을 풍자하고 있는 것이다.

자화상

산모퉁이를 돌아 논가 외딴 우물을 홀로 찾아가선 가만히 들여다봅니다.

우물 속에는 달이 밝고 구름이 흐르고 하늘이 펼치고 파아란 바람이 불고 가을이 있습니다.

그리고 한 사나이가 있습니다.
어쩐지 그 사나이가 미워져 돌아갑니다.

돌아가다 생각하니 그 사나이가 가엾어집니다. 도로 가 들여다보니 사나이는 그대로 있습니다.

다시 그 사나이가 미워져 돌아갑니다.
돌아가다 생각하니 그 사나이가 그리워집니다.

우물 속에는 달이 밝고 구름이 흐르고 하늘이 펼치고 파아란 바람이 불고 가을이 있고 추억처럼 사나이가 있습니다.

자화상 🔍

자화상이란 스스로 그린 자신의 초상화를 의미한다. 이 시에서 자화상은 우물 속에 비친 자신의 모습이다. 우물 속에 비친 자신의 모습을 사나이라 지칭하며 들여다본다. 지나온 날들을 되돌아보니 그 사나이가 미워지기도 하고, 가엾어지기도 하고, 그리워지기도 한다.

　이 시의 처음 제목은 <자상화>였다. 제목뿐 아니라 시행 배열이나 시어 등을 여러 번 수정하였다. 이는 이 시에 자신의 많은 생각과 고민을 담아 표현했음을 보여주는 증거이다.

우물 🔍

아마 우물을 실제로 본 사람이 많지는 않을 것이다. 우물이 있다 하더라도 물이 있는 우물 속을 들여다보는 일은 더욱 어렵다. 이 시의 화자는 작정을 하고 우물을 찾아가서 우물 속을 들여다본다. 우물 속에서 달, 구름, 하늘, 바람, 가을을 본다. 그리고 자신의 모습도 본다. 고요하고 맑은 우물 속에 비친 자신의 모습을 응시하며 자신이 지나온 삶을 돌아보게 된다. 이 시에서 우물은 자기를 응시하는 매개체이다.

사나이 🔍

우물 속 사나이는 당연히 우물 속을 바라보는 화자일 것이다. 우물 속에 비친 모습을 들여다보니 자신이 미워진다. 제대로 살지 못하는 것 같아 미워진다. 그러나 이런 부족한 자신을 순순히 받아들이는 순간 자신이 가여워진다. 다시 돌아가 들여다보니 여전히 변하지 않고 그대로인 자신이 미워진다. 미운 마음으로 돌아가면서 생각하니 그 사나이가 그리워진다. 우물 속 그 사나이는 추억처럼 남아 있다. 이 시는 우물 속에 비친 화자를 사나이라 표현하여 자신의 모습을 객관화하고 있다.

추억처럼 🔍

산모퉁이를 돌아 홀로 찾아간 외딴 우물 속에는 달이 밝고 구름이 흐르고 하늘이 펼쳐 있고 파아란 바람이 불고 가을이 있다. 인적이 드문 곳에 홀로 찾아가서 들여다본 우물 속에는 뜻밖의 하늘이 펼쳐져 있다. 땅속 우물 안에서, 고개를 들어야 볼 수 있는 것들을 고개를 숙여 보게 된 것이다. 그리고 그 속에 추억처럼 사나이가 있다. 처음에는 미웠던 사나이가 추억처럼 존재하게 된다. 그 사나이는 달, 구름, 하늘, 바람, 가을과 함께 화자의 추억 속 한 장면으로 남게 된다.

윤동주는 스물세 살이던 1939년 9월에 <자화상>을 썼다. 공교롭게도 '애비는 종이었다'로 시작하는 서정주의 <자화상> 역시 스물세 살에 쓰였다. 두 시인의 대표작이라고 할 만한 <자화상>을 스물세 살에 썼다는 것은 의미가 있다. 당시 스물세 살이란 부모에게서 독립하고 자신의 길을 찾아가야 할 나이라고 볼 수 있다. 스물세 살은 지난날을 돌아보고 앞으로 자신의 운명에 대해 고민해 보게 되는 시기라고 할 수 있다.

이 시의 화자는 우물을 찾아가서 가만히 들여다본다. 우물은 마을 한가운데가 아니라 산모퉁이를 돌아가야 있는 외딴 곳으로, 세상과 동떨어진 곳이다. 진정한 나를 만나고 싶어 하는 화자는 홀로 스스로 우물을 찾아간다. 우물 속을 들여다보며 자신을 응시하고 끊임없이 자신을 관찰한다. 화자는 '그 사나이'로 지칭되는 우물 속에 비친 자신의 모습을 보며, 미워졌다 가여워졌다 미워졌다 그리워지는 감정을 반복한다. 외부와 단절된 공간에서 끊임없는 자아 성찰과 반성을 통해 진정한 나와 만나려 애쓴다. 홀로 적극적으로 성찰한 결과, 추억처럼 하나의 장면을 만나게 되고 화해와 균형의 세계에 도달하게 되는 것이다.

이것은 '우물'을 통해서만 가능하다. 냇물처럼 소리가 나서 성찰을 방해해서는 안 된다. 강물처럼 너무 넓어 테두리가 없으면 추억처럼 하나의 장면으로 담을 수가 없다. 거울처럼 명확하게 보여줘서 외면에 집중하게 해서도 안 된다. 형체만 있기에 오히려 내면을 응시할 수 있고, 동굴처럼 소리도 없고 외부와 단절되어야 우물의 깊이만큼 내면이 깊어져 성숙하게 되는 것이다. 이 시에서 냇물도, 강물도, 거울도 아닌 '우물'이어야 하는 이유가 여기에 있는 것이다.

가끔 그럴 때가 있다. 거울 속을 들여다보다 자신이 낯설게 느껴질 때가 있다. 거울 속 내 자신이 싫어질 때, 미워질 때……. 그러다가 가만히 눈을 바라보면 내 자신이 가여워지고 안쓰러워지면서 결국 그리워지게 된다. '내가 나 자신을 사랑해 줘야지, 이 가여운 사람을 내가 사랑해 줘야지.'라는 생각이 들 때, 그때가 비로소 진정한 나를 만나게 되는 순간이 아닐까?

소년

　여기저기서 단풍잎 같은 슬픈 가을이 뚝뚝 떨어진다. 단풍잎 떨어져 나온 자리마다 봄을 마련해 놓고 나뭇가지 위에 하늘이 펼쳐 있다. 가만히 하늘을 들여다보려면 눈썹에 파란 물감이 든다. 두 손으로 따뜻한 볼을 씻어보면 손바닥에도 파란 물감이 묻어난다. 다시 손바닥을 들여다본다. 손금에는 맑은 강물이 흐르고, 맑은 강물이 흐르고, 강물 속에는 사랑처럼 슬픈 얼굴―아름다운 순이의 얼굴이 어린다. 소년은 황홀히 눈을 감아본다. 그래도 맑은 강물은 흘러 사랑처럼 슬픈 얼굴―아름다운 순이의 얼굴은 어린다.

단풍잎 🔍

싱싱하고 생기 넘치던 초록의 나뭇잎이 가을이 되면 빨갛게 변하며 하나둘씩 떨어진다. 단풍잎이 뚝뚝 떨어지기 때문에 가을이 슬프다. 바람도 차가워지며 단풍잎이 떨어지자 쓸쓸하고 외롭고 슬픈 마음이 든다. 떨어지는 단풍잎을 바라보니 슬프기만 한 것은 아니라는 생각이 든다. 봄이 되면 다시 새잎이 날 것이므로.

파란 물감 🔍

맑은 가을 하늘을 바라보면 가끔 비현실적이라는 생각이 들 때가 있다. 하늘색이란 저런 색을 말하는구나……. 모든 걸 다 비춰줄 것 같은 투명한 하늘, 바늘로 찌르면 물이 뚝뚝 떨어질 것만 같은 하늘, 손바닥을 하늘에 비추면 손바닥마저 파랗게 물들 것 같은 하늘. 그런 가을 하늘이 눈앞에 펼쳐질 때가 있다.

윤동주의 시에는 '순이'라는 이름이 자주 등장하는데, 이 시뿐만 아니라
<사랑의 전당>, <눈 오는 지도>에도 나온다.

순아 너는 내 전(殿)에 언제 들어왔던 것이냐? / 내사 언제 네 전에 들어갔
던 것이냐? // 우리들의 전당은 / 고창한 풍습이 어린 사랑의 전당 // 순
아 암사슴처럼 수정눈을 나려 감아라. / 난 사자처럼 엉크린 머리를 고루
련다. (<사랑의 전당>에서)

<소년>에서 화자는 순이의 얼굴을 '아름다운 얼굴', '사랑처럼 슬픈 얼굴'이
라고 한다. <사랑의 전당>, <눈 오는 지도>, <소년>에서 '순이'는 사랑과 그
리움의 대상으로 등장한다. 그렇다면 순이는 윤동주가 사랑한 사람이 아니
었을까? 그러나 그가 <바람이 불어>라는 시에서 "단 한 여자를 사랑한 일도
없다"는 슬픈 고백을 한 것을 보면, 실존 인물이라기보다 이상형을 '순이'라
고 지칭한 듯하다.

소년

소년은 단풍잎이 뚝뚝 떨어지는 가을에 파란 하늘을 바라보고 있다. 가을볕이 따뜻하게 얼굴을 내리쬐며 가을 하늘이 화자의 얼굴에 그대로 포개지는 것 같다. 두 손으로 얼굴을 씻어보니 손바닥에 파란 물감이 묻어나며 맑은 강물이 흐른다. 그 맑은 강물 속에 그리워하는 순이의 얼굴이 어른거린다. 쓸쓸한 가을에 사랑처럼 슬픈 순이의 얼굴을 그리워하는 소년의 맑은 얼굴이 어른거린다.

깊은 가을, 단풍잎이 뚝뚝 떨어진다. 슬프다. 그 떨어진 자리에 다시 봄이 오면 잎이 피어나고 꽃이 피겠지만 그래도 슬프다. 떨어지는 것은 슬프다. 떨어진 나뭇가지 빈틈으로 하늘이 보인다. 파란 하늘. 하늘을 보는 화자의 눈썹도 파래지는 듯하다. 볼을 만지는 손바닥도 파래지는 듯하다. 그런 손바닥의 손금이 맑은 강물처럼 흐른다. 문득 순이가 떠오른다. 사랑했던 사람, 순이. 슬프다. 단풍잎이 뚝뚝 떨어져 슬픈 것처럼 화자와 떨어진(헤어진) 순이의 얼굴이 슬프다. 그래도 순이 얼굴을 생각하니 황홀해진다. 눈을 감는다. 눈을 감아도 아름다운 순이의 얼굴이 떠오른다. 참 슬픈 가을이다. 맑고 깨끗한 가을인데 소년은 슬프다.

이 시의 매력은 직유이다. '단풍잎 같은 슬픈 가을', '사랑처럼 슬픈 얼굴'. 대체로 단풍잎은 고운 이미지의 소재이다. 붉게 물든 단풍은 가을의 아름다움을 상징한다. 그런데 이 시에서는 슬픈 이미지로 표현된다. 붉게 물든 단풍잎이 뚝뚝 떨어지는 모습이 슬퍼서, 단풍잎 같은 슬픈 가을이 뚝뚝 떨어진다고 이야기한다. 새로운 이미지로 변주한 직유가 매력이다. 사랑 또한 우리가 알고 있는 이미지를 벗어나고 있다. 따뜻하고 아름다운 사랑을 슬픔의 이미지로 표현한다. 사랑을 잃었기 때문일 것이다. 사랑이 단풍잎처럼 뚝뚝 떨어졌기 때문일 것이다. 헤어진 사랑은 슬프다. 아름답지만 슬픈 얼굴 순이.

순이는 누구일까? 화자가 사랑했지만 헤어진 여자, 순이. 윤동주의 시에는 '순' 또는 '순이'가 여러 번 나온다. <사랑의 전당>은 이루어지지 못한 사랑의 애달픔을 노래하고 있다. "순이가 떠난다는 아침에 말 못 할 마음으로 함박눈이 내려, 슬픈 것처럼 창 밖에 아득히 깔린 지도 위에 덮인다."로 시작되는 <눈 오는 지도>도 순이와의 이별을 이야기하고 있다. 모두 이별의 아픔을 이야기하고 있다. 그런데 윤동주의 삶에서 특별히 알려진 사랑하는 사람은 없다. 그 당시 가장 흔한 이름 중에 하나였을 순이라는 익명의 여자를 통해 이별의 아픔을 이야기했을 수도 있고, 정말 사랑했지만 헤어진 순이라는 여자와의 아픔을 이야기한 것일 수도 있다.

하늘도 강물도 맑고 푸른 청량한 가을. 사랑하는 사람을 그리워하는 이 시는 지금 읽어도 애틋하다.

병원

　살구나무 그늘로 얼굴을 가리고, 병원 뒤뜰에 누워, 젊은 여자가 흰옷 아래로 하얀 다리를 드러내 놓고 일광욕을 한다. 한나절이 기울도록 가슴을 앓는다는 이 여자를 찾아오는 이, 나비 한 마리도 없다. 슬프지도 않은 살구나무 가지에는 바람조차 없다.

　나도 모를 아픔을 오래 참다 처음으로 이곳에 찾아왔다. 그러나 나의 늙은 의사는 젊은이의 병을 모른다. 나한테는 병이 없다고 한다. 이 지나친 시련, 이 지나친 피로, 나는 성내서는 안 된다.

　여자는 자리에서 일어나 옷깃을 여미고 화단에서 금잔화 한 포기를 따 가슴에 꽂고 병실 안으로 사라진다. 나는 그 여자의 건강이― 아니 내 건강도 속히 회복되기를 바라며 그가 누웠던 자리에 누워본다.

병원

'나'는 원인을 알 수 없는 병을 앓고 있다. 아주 오래 참아왔지만 나아지지 않는다. 병원을 찾았으나 늙은 의사는 '나'의 아픔에 대해서 알지 못하고, 병이 없다고 말한다. 그런데도 '나'는 여전히 아프다. 병원에는 나뿐만 아니라 '한나절이 기울도록 가슴을 앓는' 젊은 여자도 있다.

젊은 여자

가슴을 앓는다는 젊은 여자는 흰옷 아래로 하얀 다리를 드러내 놓고 일광욕을 한다. 병원에 오래 있었는지 다리는 하얗고, 문병 오는 사람도 없다. 심지어 나비조차 날아오지 않는다. 병원에 있으나 병은 낫지 않는다. 젊은 여자가 할 수 있는 일이라곤 시간에 맞춰 일광욕을 하고 가끔 금잔화 한 포기 가슴에 꽂고 들어가 병이 낫기를 기다리는 것뿐이다.

지나친 시련, 지나친 피로   🔍

젊은 여자는 매일 한나절이 넘도록 가슴앓이를 하고, 젊은 '나'는 오래도록 알 수 없는 아픔을 견디고 있다. 그런데 늙은 의사는 젊은 여자의 가슴앓이를 낫게 하지도 못하고, '나'가 왜 아픈지도 알지 못한다. 게다가 '나'에게 병이 없다고 진단한다.

시에서 굳이 '젊은'과 '늙은'이라고 밝힌 것은 기성세대와 젊은이들을 대비하기 위한 것이 아닐까. 젊은이들이 겪고 있는 시련과 피로와 아픔을 이해하지 못하는 기성세대. 이 기성세대는 단지 '나이 든 세대'만을 뜻하는 것은 아닐 것이다. 시대 상황을 고려하면, 우리를 억압하고 짓밟았던 일본인들과 그 부역자들로 볼 수도 있다. 그러니 '나'는 성을 내지 못하는 것이고, 건강해지기를 기다릴 수밖에 없다. 지금까지도 그랬고 앞으로도 아픔을 겪어나가야 할 젊은 여자와 '나'에게 이러한 상황은 지나친 시련이고 지나친 피로다.

그가 누웠던 자리

아픈 시대를 살고 있는 젊은이들은 몸이 아프다. 뜨거운 마음과 열정을 쏟아낼 곳이 없는 시대를 살고 있는 젊은이들, 정의가 사라진 시대를 살고 있는 젊은이들은 온몸이 아프다. 젊은 여자는 가슴이 아프고, '나'는 병명도 모르는 병을 앓고 있다. 온몸으로 시대를 앓고 있는 젊은이들은 어디에서도 위로받지 못한다. 같은 아픔을 겪고 있는 젊은이들과의 연대 이외에는. 그래서 '나'는 젊은 여자가 누웠던 자리에 누워 그녀가 되어본다. 그녀의 아픔을 느껴보면서 서로의 건강이 회복되기를 바라본다.

윤동주는 연희전문학교 졸업 기념으로 자선 시집을 내고 싶어 했으며, 그 시집 제목을 '병원'으로 삼고 싶었다고 한다. "지금 세상은 온통 환자투성이기 때문"이라는 정병욱이 전하는 윤동주의 이야기는 왜 이 시의 제목이 병원인지를 추측하게 한다.

이 시의 공간적 배경은 병원이다. 병원 뒤뜰 살구나무 아래 젊은 여자가 누워 있다. 흰옷을 입은 이 여자는 흰옷 아래로 하얀 다리를 드러내 놓고 있다. 일광욕을 하는 중이다. 여자의 다리가 하얀 것으로 보아 오랫동안 병원에 있었나 보다. 그래서인지 찾아오는 사람도 없다. 나비조차 찾아오지 않지만 이제는 슬프지도 않다.

여자처럼 '나'도 아프다. 사는 게 너무 힘들다. 사는 게 너무 피곤하다. 그런데도 늙은 의사는 '나'에게 병이 없다고 한다. 그런데도 '나'는 화를 낼 수도 없다. 참는 수밖에 없다. '나'의 병 또한 젊은 여자처럼 가슴앓이일지도 모르겠다. 식민지 젊은이의 가슴앓이. 그래서 여자가 누웠던 자리에 누워본다. 누워서 그 여자의 병이 얼른 낫기를 소망한다. 자신의 병 또한 얼른 낫기를 소망한다.

햇볕이나 쬐어야 하는 여자의 병. 병명도 알 수 없는 '나'의 병. 이 병원에서는 고칠 수 없는 병일지 모른다. 그래서 '나'는 젊은 여자가 누운 자리에 누워본다. 동병상련의 마음. 타자의 아픔을 공유하는 마음. 모두가 아픈 이 시대에서, 세상천지가 병원 같은 이 세상에서 할 수 있는 일이란 같은 자리에 누워보는 연대의 마음이 아닐까.

이 시와 함께 비슷한 시기에 쓴 〈위로〉를 읽어보면 '나'의 마음을 좀 더 이해할 수 있다. 〈위로〉 속 '사나이' 역시 "무수한 고생 끝에 때를 잃고 병을 얻"어 병원에 있으나 보이는 건 거미줄에 걸린 나비가 속절없이 거미줄에 칭칭 감겨버린 장면이다. 그래서 그저 거미줄을 헝클이는 것밖에는 그 사나이를 위로할 방법이 없다. 죽도록 고생했으나 얻은 것은 병밖에 없는 사나이가 마치 나비처럼 거미줄에 감겨버린 것 같은 답답함이 이 시와 연결된다.

간판 없는 거리

정거장 플랫폼에
내렸을 때 아무도 없어,

다들 손님들뿐,
손님 같은 사람들뿐,

집집마다 간판이 없어
집 찾을 근심이 없어

빨갛게
파랗게
불붙는 문자도 없어

모퉁이마다
자애로운 헌 와사등에
불을 켜놓고,

손목을 잡으면
다들, 어진 사람들
다들, 어진 사람들

봄, 여름, 가을, 겨울,
순서로 돌아들고.

와사등 '와사(瓦斯)'는 '가스'를 일본식 한자어로 나타낸 말로, 와사등은
'석탄가스를 이용해 불을 켜는 등'을 뜻한다.

정거장 플랫폼　🔍

화자는 어딘가에서 출발하여 이곳 정거장 플랫폼에 내렸다. 홀로 왔기에 아는 사람이 아무도 없다. 주위를 둘러보니 다들 이곳에 온 손님과 손님 같은 사람들뿐이다. 정거장 플랫폼은 그런 곳이다. 어딘가를 떠돌다 돌아온 사람이 잠시 머물다 다시 목적지를 향해 떠나는 곳이다. 화자는 이곳을 지나 간판 없는 거리로 나선다.

손님　🔍

화자가 내린 이곳은 집집마다 간판이 없어도 집 찾을 근심이 없을 정도로 익숙하고 잘 아는 곳인 듯하다. 그러나 이곳에 내리니 아는 사람이 아무도 없고, 다들 손님들뿐이거나 손님 같은 사람들뿐이다. 화자가 이곳을 너무 오래 떠나 있었거나, 화자가 모르는 다른 사람들이 이곳에 자리 잡고 사는 듯하다. 이 사람들은 누구일까?

간판 없는 거리 🔍

이곳은 아는 사람 하나 없는 곳이고, 다들 손님같이 낯선 사람들뿐이다. 그러나 이곳은 집집마다 간판이 없어도 어느 곳인지 다 알 정도로 익숙한 곳이고, 화려한 네온사인은 없어도 어두운 모퉁이에 가로등을 켜놓아 거리를 밝히는 곳이다. 익숙하고 따뜻한 거리, 서로를 배려하고 베푸는 곳이다.

어진 사람들 🔍

손님 같은 사람들뿐인 거리지만, 간판 없는 거리를 걷는 사람들은 모두 어진 사람들이다. 이 간판 없는 거리는 간판이 없어도 집 찾을 근심이 없을 만큼 작은 곳이고 서로 잘 아는 곳이다. 화려한 곳은 아니어도 어두운 모퉁이를 돌 때 무섭지 말라고 거리에 불을 밝히는 곳이다. 자연의 순리를 거스르지 않고 이치에 맞게 돌아가는 곳이다. 이런 곳에 사는 사람들은 모두 어진 사람들이고 자애로운 사람들이다.

정거장은 버스나 열차가 일정하게 머물도록 정해진 장소이며, 승객이 타고 내리거나 화물을 싣거나 내리는 곳이다. 화자가 이곳에 내렸는데 아무도 없다. 아무도 없는 것은 아니다. 모르는 사람들, 손님 같은 사람들이 있다. 사람은 있어도 내가 아는 사람은 없는 곳. 그곳에는 간판도 없다. 간판이 없는 것으로 보아 이 정거장은 그리 크지 않나 보다. 네온사인이 화려하게 돌아가는 곳이 아니다. 손님 같은 나그네들이 잠시 들르는 곳. 간판조차 없는 곳. 그런데도 집 찾을 근심이 없다. 어느 집이나 들어가도 환대를 받을 것 같은 곳이다. 어진 사람들이 사는 곳. 어느 집이나 들어가서 주인의 손목을 잡으면 기쁘게 맞이해 줄 것 같은 곳. 계절이 순리대로 돌아가는 것처럼 순리대로 살아가는 사람들이 있는 곳. 모퉁이에 켜진 와사등도 자애롭게 느껴지는 곳. 간판 없는 거리는 번화하지는 않지만 자애롭고 어진 사람들이 사는 곳이다.

이곳은 어디일까? 간판이 없는데도 찾아야 할 근심이 없는 곳은 어디일까? 간판 없는 거리가 빼앗긴 우리나라를 은유한다고 보면 어떨까? 손님과 손님 같은 사람들은 일본인이고, 간판 없는 거리는 새로운 문명이 들어오지 않은 곳이라 보면 어떨까? 네온사인 같은 화려한 문명이 없는 곳. 헌 와사등으로 모퉁이 정도를 밝힐 수 있는 곳. 문명의 발전은 더디지만 그래도 자애로운 불빛으로 세상을 밝히는 곳. 어진 사람들이 서로 어우러져 살아가는 곳. 순리대로 살아갈 수 있는 곳. 이곳을 우리 민족이 사는 공간으로 보면 어떨까?

무서운 시간

거 나를 부르는 것이 누구요.

가랑잎 이파리 푸르러 나오는 그늘인데,
나 아직 여기 호흡이 남아 있소.

한 번도 손들어 보지 못한 나를
손들어 표할 하늘도 없는 나를

어디에 내 한 몸 둘 하늘이 있어
나를 부르는 것이오.

일이 마치고 내 죽는 날 아침에는
서럽지도 않은 가랑잎이 떨어질 텐데……

나를 부르지 마오.

부름

누군가 '나'를 부른다. 반가운 목소리는 아닌 듯하다. '거'라는 대명사가 그러하다. '거기 나를 부르는 것이 누구요?'라는 말투에서 누군가의 부름을 마땅찮게 여긴다는 것을 알 수 있다. 왜 마땅찮게 여길까? '나'는 아직 그 부름에 응할 때가 아니기 때문이다. '나'는 아직 호흡이 남아 있기 때문에 그 부름에 응할 수 없다. 아직은 아니다. 누군가의 부름에 응답하면 가랑잎처럼 떨어져 호흡도 멈추고, 할 일도 할 수 없을 것이다. 그러니까 그 부름에 응답할 수 없는 것이다.

가랑잎

가랑잎 이파리가 떨어지지 않고 아직 남아 있다. '나'도 아직 호흡이 남아 있다. '나'가 죽는 날에는 가랑잎도 떨어질 것이다. 가랑잎은 '나'와 생사를 같이하는 존재이자 '나'의 또 다른 모습이다. 가랑잎 같은 '나'가 아직 떨어지지 않은 이유는 아직 '나'의 목소리를 내보지 못했기 때문이다. 아직 해야 할 일이 남아 있기 때문이다.

무서운 시간 🔍

'나'를 부르는 이 시간은 무서운 시간이다. 죽음의 시간이다. 그러나 '나'는 아직 죽음을 맞이할 준비가 되지 않았다. '나'는 아직 주어진 일을 마치지 못했기 때문이다. 주어진 일이란 하늘을 향해 손들어 표하는 것이고, 내 한 몸 둘 하늘을 만드는 일이다. 이 일을 마치지 못했기에 지금 죽는 것은 서러운 일이다. 그러므로 아직은 죽음이 '나'를 부르면 안 된다.

이 시를 쓴 1941년에 윤동주는 16편의 시를 쓴다. 일제의 군국주의가 기승을 부리는 시대. '손들어 보지 못'하고, '손들어 표할 하늘도 없'이 살지 않겠다는 소명의식이 담긴 시들을 쓴다. "모가지를 드리우고 / 꽃처럼 피어나는 피를 / 어두워가는 하늘 밑에 / 조용히 흘리겠습니다."라는 <십자가>가 대표적이다. 어두운 시대에 맞서 살아가겠다는 의지와 소명을 안 시간, 이 시간이 무서운 시간이다. 죽을까 봐 무서운 것이 아니라 소명을 다하지 못할까 봐 무서운 시간이다.

> 하늘   🔍

'나'는 하늘을 향해 한 번도 손들어 보지 못했다. '나'의 생각대로 목소리를 내보지 못했다. '나'의 말을 들어줄 곳도 없었고, 의지할 곳도 없었다. 여기에서 '하늘'은 '나'의 말을 들어줄 곳, '나'가 의지할 곳이 된다. 시인인 윤동주가 기독교인임을 고려하면, 하늘은 절대자이자 신이 있는 곳을 의미한다고 볼 수 있다.

상상해 보자. 늦겨울, 다른 잎들은 다 떨어졌는데 가랑잎 하나가 떨어지지 않고 나무에 매달려 있다. 이 가랑잎이 떨어져야 봄이 되면 그곳에 푸른 잎이 나올 텐데, 아직도 매달려 있다. 다 죽은 것 같은데 아직 나무에 매달려 있는 나뭇잎. 매달려 있는 나뭇잎을 보면서 시인은 그 모습이 자신과 같다는 생각을 한다. 아직 떨어지지 않고 매달려 있는 가랑잎 같은 처지의 시인. 이 시는 늦겨울 위태롭게 매달려 있는 가랑잎을 보면서, 그 가랑잎이 아직 매달려 있어야 하는 이유를 자신의 처지와 연관 지어 쓴 시다.

누군가가 '나'를 부른다. 떨어지지 않고 겨우 매달려 있는, 겨우 호흡만 하고 있는 '나'를 부른다. 떨어지지 않고 겨우 매달려 있는 가랑잎 같은 '나'를 부른다. '나'를 부른다는 것은 떨어지라는 것이고, 죽으라는 것이다. 그러나 '나'는 아직 떨어질 때가 아니다. 아직 '나'는 죽을 때가 아니다. 한 번도 자신의 의지대로 살아보지도 못했는데, 죽어 돌아갈 곳도 없는데, 지금은 죽을 때가 아니다. 그러니 '나'를 부르지 말라고 한다. 해야 할 일이 끝이 나면 돌아갈 것이니, 떨어질 것이니, 죽을 것이니, '나'를 부르지 말라고 이야기한다. 아직 '나'는 할 일이 남았다고 말한다.

부르지 말라는 이야기는 부름을 거부하겠다는 의미는 아니다. 아직 남은 소명이 있어 이를 마무리하고 부름에 응하겠다는 것이다. 그때 서럽지도 않게 가랑잎이 떨어지듯 죽을 것이니, 그때까지는 부르지 말라는 이야기다. 비록 겨우 호흡만 남아 있는 상태지만, 해야 할 소명이 남아 있어 그 소명을 다한 후 부름에 응하겠다는 반어적인 표현이다. 무력한 '나'가 이를 극복하고 스스로의 힘으로 서겠다는 말이다.

눈 오는 지도

순이가 떠난다는 아침에 말 못 할 마음으로 함박눈이 내려, 슬픈 것처럼 창밖에 아득히 깔린 지도 위에 덮인다.

방 안을 돌아다보아야 아무도 없다. 벽과 천장이 하얗다. 방 안에까지 눈이 내리는 것일까. 정말 너는 잃어버린 역사처럼 홀홀히 가는 것이냐, 떠나기 전에 일러둘 말이 있던 것을 편지를 써서도 네가 가는 곳을 몰라 어느 거리, 어느 마을, 어느 지붕 밑, 너는 내 마음속에만 남아 있는 것이냐, 네 쪼그만 발자국을 눈이 자꾸 내려 덮여 따라갈 수도 없다. 눈이 녹으면 남은 발자국 자리마다 꽃이 피리니, 꽃 사이로 발자국을 찾아 나서면 일 년 열두 달 하냥 내 마음에는 눈이 내리리라.

순이

순이가 떠나는 아침에 함박눈이 내린다. 이곳을 떠나는 것도 서러운데 눈까지 내린다. 순이는 어디로 가는지 말해주지도 않고 '나'의 곁을 떠났다. 깨끗하게 비워진 순이의 집에 눈만 쌓이고, 순이가 어디로 갔는지 알 수 없게 눈은 발자국마저 덮어버린다. 순이는 잃어버린 역사처럼 홀홀히 사라져버린다.

눈 오는 지도

지도 위에 눈이 와서 지도를 덮어버렸다. 눈이 지도를 덮었다는 것은 순이가 가야 할 곳을 덮고, 순이가 지나간 길도 덮어버렸다는 의미다. 길이 없어졌으니 순이가 가야 할 곳은 험난할 것이고, '나'는 순이를 쫓아갈 수가 없다. 눈 오는 길이라 하지 않고 눈 오는 지도라 한 것은 이것이 비단 순이만이 가야 할 길이 아니라 우리 민족이 가야 할 길이기에 그렇게 표현한 듯하다. 눈이 덮여 갈 곳 모르는 지도, 지나온 길이 지워진 지도, 잃어버린 역사 같은 지도이다.

잃어버린 역사처럼 🔍

순이를 찾아가야 할 지도 위에 눈이 덮인다. 눈이 덮이니 '나'는 순이에게 갈 수 없다. '잃어버린 역사처럼 홀홀히 가는' 순이를 찾아갈 수가 없다. 그래서 잃어버린 역사처럼 '너'를 잃을 수도 있다. '잃어버린 역사처럼'이라는 직유는 이 시의 순이를 우리 민족으로 확대하게 한다. 떠돌 수밖에 없는 우리 민족. 그러나 그 떠도는 길도 함박눈에 덮여 알 수 없다. 순이를 길을 잃고 떠도는 우리 민족으로 치환할 수 있는 것은 '잃어버린 역사처럼'이라는 직유 때문이다. '눈이 녹으면 남은 발자국 자리마다 꽃이 피리니'라는 구절 때문이다. 이렇듯 멋진 비유는 시의 상상력을 확대하기도 한다.

꽃 🔍

순이가 걸어간 곳마다 쪼그만 발자국이 남는다. 함박눈에 덮여버렸지만 봄이 되어 눈이 녹으면 그 자리마다 꽃이 필 것이다. 순이는 '나'의 마음속에 남아 있는 꽃 같은 존재이기 때문이다. 그 꽃이 곧 순이이고, 순이를 향한 '나'의 마음이다.

눈이 내린다. 그것도 함박눈이. 순이는 길을 떠나야 하는데 함박눈이 내린다. 그 함박눈은 순이가 가야 할 지도 위에 덮인다. 가야 할 길을 없애버리는 눈. 그러고 보면 함박눈은 부정적인 의미로 쓰인 소재이다. 순이가 가는 길도 보이지 않게 하고, 그 뒤를 따라갈 수 없게 하는 존재이다.

　이 시는 순이가 길을 떠나는 날 함박눈이 오는 상황을 표현하고 있다. 길을 묻어버리는 함박눈. 길을 떠나야 하는 상황에서 막막하다. 눈이 와서만 막막한 것은 아니다. 순이가 떠나버리고 나면 아무도 없을 상황도 막막하다. 그래서인지 벽과 천장도 하얗게 느껴진다. 방 안에도 눈이 내린 듯하다. 잃어버린 역사처럼 막막하다. 눈이 오지 않았으면 너를 따라가서, 네가 어느 거리를 걷는지, 어느 마을로 가는지, 어느 집에 자리 잡는지 알 수 있을 텐데, 눈은 자꾸 내려 네 작은 발길을 덮어버리니 막막하다. 네가 가는 곳을 몰라, 네게 하고 싶은 말을 편지로 써놔도 부칠 수도 없으니 참으로 막막하다.

　순이의 조그만 발자국을 지우는 함박눈이 참으로 원망스럽다. '나'는 순이를 따라가고 싶은데 내리는 눈이 순이의 발자국을 덮는다. 그래도 눈이 녹으면, 순이가 간 그 길에 꽃이 필 것이다. 그때 그 꽃을 따라가면 순이를 만날 수 있겠지만, 순이를 그리워하는 마음은 일 년 열두 달 내내 '나'의 마음에 눈이 내리게 할 것이다. 일 년 열두 달 하냥 '너'를 그리워할 것이다.

십자가

쫓아오던 햇빛인데
지금 교회당 꼭대기
십자가에 걸리었습니다.

첨탑이 저렇게도 높은데
어떻게 올라갈 수 있을까요.

종소리는 들려오지 않는데
휘파람이나 불며 서성거리다가,

괴로웠던 사나이,
행복한 예수 그리스도에게
처럼
십자가가 허락된다면

모가지를 드리우고
꽃처럼 피어나는 피를

어두워가는 하늘 밑에
조용히 흘리겠습니다.

십자가

십자가는 예전에 서양에서 죄인을 못 박아 죽이던 십자형의 형틀을 의미했다. 예수가 인간의 죄를 대신 씻어 구원하기 위해 십자가에 못 박혀 죽게 되면서 십자가는 기독교도를 상징하게 되었다. 여기에서 유래하여 십자가는 희생, 사랑, 속죄의 의미를 지니게 되었다. '십자가를 지다'라는 관용구는 '큰 죄나 고난 따위를 떠맡다'는 뜻이다.

괴로웠던 사나이

화자를 쫓아오던 햇빛이 십자가에 걸렸다. 광명이자 희망인 그 빛을 애써 외면하고 있었는데, 돌아보니 교회 십자가 앞에까지 오게 되었다. 햇빛이 화자를 교회 십자가 앞까지 인도한 것이다. 십자가에, 햇빛에 가까이 가고 싶었으나 첨탑 위의 십자가와 햇빛이 너무 높이 있어 올라갈 수가 없다. 그래도 화자는 쉽게 떠나지 못하고 서성거리고 있다.

종소리

햇빛과 십자가를 쫓아가고 싶지만 첨탑이 너무 높아 인간은 닿을 수가 없다. 화자는 그 앞에서 주저하며 서성거리는 것밖에는 할 수 있는 것이 없다. 첨탑에서 종소리가 들려온다면, 마치 누군가의 부름이나 신의 계시처럼 종소리가 들려온다면, 기꺼이 무언가를 할 수 있을 듯도 하지만, 종소리는 들려오지 않는다.

희생

예수 그리스도가 그러했던 것처럼 자신에게 희생할 기회가 주어진다면, 십자가가 주어진다면, 더 이상 서성거리지도 괴롭지도 않을 것이다. 예수가 십자가에 못 박힘으로써 인류를 구원한 것처럼 화자에게 속죄할 기회가 주어진다면 주저 없이 자신을 희생하여 조용히 피 흘릴 것이라고 한다. 그것이 자신의 사명이기 때문이다. 그것이 어두워가는 하늘을 다시 밝히는 길이라 믿기 때문이다.

화자는 해를 등지고 걷고 있다. 해는 희망이나 밝음을 상징한다. 그러니까 화자는 희망이나 밝음을 등지고 살고 있다고 볼 수 있다. 그런 화자가 문득 뒤돌아보니 햇빛이 십자가에 걸리어 있다. 십자가 뒤에서 붉게 빛나고 있는 햇빛. 십자가가 햇빛으로 빛나는 모습을 보면서 십자가의 의미를 생각한다. 십자가는 인간 구원의 상징이다. 예수가 십자가에 못 박혀 죽음으로써 인간은 구원을 받았다는 기독교 정신을 떠올린다. 희망 없이 살아온 화자는 십자가가 매달린 첨탑에 올라가면 희망을 품을 수 있다고 생각한다. 그러나 교회당 꼭대기 첨탑은 너무 높아 오를 수 없다. 부름의 종소리도, 구원의 종소리도 들리지 않는다. 그래서 교회당 주변을 서성거릴 뿐이다. 휘파람이나 불며 서성거릴 뿐이다.

그러다가 십자가에 못 박혀 죽은 예수를 떠올린다. 십자가에 못 박혀 죽을 수밖에 없었던 사나이, 괴로웠던 사람 예수. 그러나 죽음으로 인간을 구원한 사람, 행복한 예수 그리스도를 생각한다. 화자도 예수 그리스도처럼 희망 없는 이 세상을 구원할 수 있는 십자가가 허락된다면 죽을 수 있겠다고 생각한다. 어두운 이 세상을 구원하고 꽃처럼 아름답게 순교할 수 있다고 생각한다.

윤동주는 기독교인이다. 이 시는 기독교의 예수 순교를 바탕으로 한 시다. 인간을 구원하기 위해 자신의 목숨을 바쳤던 예수처럼 어두운 시대를 구원하기 위해 십자가에 박힐 수 있다는 희생정신을 이야기하고 있다. 우리 민족을 구원하기 위해 자신의 한목숨 바칠 수 있다는 이야기다. 죽을 수밖에 없어 괴로웠을, 그러나 인간을 구원하여 행복했을 예수처럼 자기도 우리 민족을 위해 기꺼이 희생하겠다는 의지를 담은 이 시는 윤동주의 결기가 느껴져서 짜릿하다. 일제의 탄압으로 더욱 어두워가는 시대에 순교자적인 희생이 없으면 안 된다는 시대의식이 느껴져 마음이 아프다.

이 시는 홀로 떨어져 쓰일 수 없는 조사 '처럼'을 한 행으로 배치했다. '처럼'을 한 행으로 배치함으로써 예수와 화자를 동일시하는 효과를 준다. 또한 자신의 죽음을 '꽃처럼 피어나는 피'에 비유하여 희생의 아름다움을 표현하고 있다. 시의 주제도 표현도 매력적인 이 시는 읽을 때마다 우리가 어떻게 살아가야 하는지를 생각하게 해준다.

또 태초의 아침

하얗게 눈이 덮이었고
전신주가 잉잉 울어
하나님 말씀이 들려온다.

무슨 계시일까.

빨리
봄이 오면
죄를 짓고
눈이
밝아

이브가 해산하는 수고를 다하면

무화과 잎사귀로 부끄런 데를 가리고

나는 이마에 땀을 흘려야겠다.

또 태초의 아침   🔍

<또 태초의 아침>이라는 시가 있다는 건 <태초의 아침>이라는 시가 먼저 있었다는 뜻이다.

> 봄날 아침도 아니고 / 여름, 가을, 겨울, / 그런 날 아침도 아닌 아침에 //
> 빨—간 꽃이 피어났네 / 햇빛이 푸른데 //
> 그 전날 밤에 / 그 전날 밤에 / 모든 것이 마련되었네 //
> 사랑은 뱀과 함께 / 독은 어린 꽃과 함께
>
> (<태초의 아침> 전문)

같은 시기에 쓰인 두 시는 하늘과 땅이 맨 처음 생겨난 아침, 세상이 처음 생겨난 아침을 말하고 있다. 두 시 모두 아담과 이브가 에덴동산에서 뱀의 유혹에 넘어가 선악과를 먹은 죄를 지어 고통을 겪게 되는 성경의 창세기를 제재로 하고 있다.

하나님 말씀 🔍

이 시의 계절적 배경은 한겨울이다. 하얗게 눈이 내리고 바람에 전신주가 잉잉 울고 있다. 그 소리가 마치 하늘에서 들리는 하나님 말씀 같다. 하나님의 계시가 들리는 것 같다. 계시의 내용은 무엇일까? 봄이 오면 죄를 지어 눈이 밝아지라고 한다. 봄이 오면 선악과를 베어 물어 죄를 지으라고 한다. 그래서 눈이 밝아지라고, 세상에 눈을 뜨라고 한다.

죄 🔍

선악과를 따먹는 죄를 짓고 에덴동산에서 쫓겨나 인간이 된다면 이브는 출산의 고통을, 아담은 노동의 고통을 겪어야만 한다. 이브는 해산하는 수고를 다할 것이고, '나'는 부끄러움을 간직한 채 이마에 땀을 흘리며 노동을 할 것이다. 인간의 삶은 고통스럽고 부끄럽다. 그러나 '나'는 그것이 인간의 본질이라는 생각을 한다.

땀	🔍

인간은 후세를 위해 출산을 하고 당대를 살기 위해 노동을 한다. 일하지 않는 자 먹지도 말라는 성경 말씀처럼 노동은 인간을 인간답게 하는 기본 요소이다. 1941년 5월 31일에 윤동주가 할 수 있는 노동이란 무엇이었을까? 당시의 젊은이들은 무엇을 위해 땀 흘려야 했을까?

이 시는 성경의 창세기를 모티프로 한 시다. 창세기에 따르면 아담과 이브
는 하느님이 먹지 말라고 한 선악과를 따먹은 벌로 에덴동산에서 쫓겨났다.
그리고 남자는 먹고살기 위해 고통과 수고를 겪어야 했고, 여자는 아이를
낳는 고통을 겪어야 했다. 이 시는 이러한 창세기 내용을 그대로 수용하지
않고 변형하여 풀어나간다.

하얗게 눈이 덮인 겨울이다. 〈눈 오는 지도〉에서처럼 눈은 길을 없애버
리는 부정적 존재이다. 눈이 덮여 어떻게 살아가야 할지 막막한데 전신주
가 잉잉 운다. 거센 바람이 전신주를 울게 했겠지만 '나'는 이것이 신의 계
시라는 생각이 든다. 죄를 지으라는 하느님의 계시. 아담과 이브가 죄를 지
어 에덴에서 쫓겨났지만 이로 인해 인간임을 인식하고 선악을 인식한 것처
럼, '나' 또한 아담과 이브처럼 죄를 지어 인간임을 인식하고 선악을 인식하
라는 계시라고 생각한다. 아담과 이브는 하느님의 말씀을 듣지 않아서 죄를
지었지만, '나'는 하느님의 계시에 따라 죄를 짓고 선악을 구별할 수 있는
존재가 되라는 계시라 생각한다. 이 죄를 지어야 옳고 그름을 판단하는 눈
이 밝은 인간이 된다고 생각한다.

태어날 때부터 기독교인이었던 윤동주는 기독교 정신과 시대의 양심 사
이에서 고뇌한다. 그러던 그가 이 시를 통해 어떻게 살아가야 하는지를 확

립하게 된다. 일제를 증오하고 죽여야 하는 항일은 기독교 정신에 어긋나는 죄일지 모르지만, 시대의 양심에 따라 항일하는 것이 바르게 사는 것임을 인식하게 된 것이다. 아담과 이브가 선악과를 따먹고 인간임을 인식한 것처럼, 이 시대를 사는 사람이 시대의 양심대로 사는 것이 눈이 밝은, 제대로 사는 인간임을 인식한 것이다.

윤동주는 창세기의 이야기를 통해 항일하는 것이 기독교 정신과 상치하는 것이 아니라 부합한다고 이야기한다. 이 시와 비슷한 시기에 쓰인 <십자가>를 통해 시대적 양심의 실천이 기독교의 진리를 실현하는 것이라고 이야기한다.

또 다른 고향

고향에 돌아온 날 밤에
내 백골이 따라와 한방에 누웠다.

어두운 방은 우주로 통하고
하늘에선가 소리처럼 바람이 불어온다.

어둠 속을 곱게 풍화작용 하는
백골을 들여다보며
눈물짓는 것이 내가 우는 것이냐
백골이 우는 것이냐
아름다운 혼이 우는 것이냐

지조 높은 개는
밤을 새워 어둠을 짖는다.

어둠을 짖는 개는
나를 쫓는 것일 게다.

가자 가자

쫓기우는 사람처럼 가자

백골 몰래

아름다운 또 다른 고향에 가자.

이 시에는 세 명의 '나'가 등장한다. '나', '백골', '아름다운 혼'이다. 고향으로 돌아온 '나', 점차 분해되며 소멸하고 있는 나의 분신 '백골', 그 백골을 들여다보며 우는 '아름다운 혼'. 현실의 '나'와 버리고 싶고 사라지기를 바라는 '백골'과 화자가 지향하는 '아름다운 혼'. 각기 다른 모습을 하고 있지만, 모두 '나'이다.

어두운 방

백골은 '나'가 원치도 않았는데 '나'를 따라와서는 주인처럼 누워 있다. '나'를 따라온 백골과 함께 누운 방은 어둡다. 나란히 누워 천장을 바라보니 어디선가 바람이 불어오며 우주로 통하는 것 같다. 어두운 방이 우주의 한 부분 같다. 우주로 통하는 바람이 '나'의 옆에 누운 백골을 곱게 분해시키고 있다. 그 백골을 들여다보며 '나'인지 백골인지 '나' 속의 아름다운 혼인지 모를 누군가가 울고 있다. 백골을 두고 떠나려고 했지만 백골 역시 '나'의 또 다른 모습이기에 연민이 생긴다.

지조 높은 개

지조 높은 개는 백골을 보며 우는 '나'를 향해 밤새 짖는다. 풍화작용 하는 백골을 들여다보며 불쌍해서 눈물을 흘리자, 지조 높은 개는 연민에 빠진 나약한 '나'에게 정신 차리라고 짖는다. 백골을 두고 빨리 떠나라고 '나'를 다그치고 있다. 지조 높은 개는 '나'를 깨우치고 '나'를 일깨워주는 존재이다. 밤새 어둠을 짖는 개는 암담한 현실을 몰아내고 저항하고자 하는 존재이다.

또 다른 고향

'나'는 버리고 싶은 백골을 어두운 방에 두고 백골 몰래 고향을 떠나려고 한다. 아름다운 혼만 있는 '나'인 채로 이곳을 떠나고자 한다. 이상적인 존재인 아름다운 혼과 어둠이 사라진 또 다른 고향으로 가려고 한다. 또 다른 고향은 어디일까? 버리고 싶은 백골이 있는 어두운 고향과 달리, 백골은 사라지고 아름다운 혼이 있는 곳이고 지조 높은 개로 인해 각성된 '나'가 있는 곳이다. 화자가 추구하는 이상적인 공간이다.

이 시는 조금 어렵다. 그래서 평론가들이 다양한 해석으로 이 시를 읽는다. 특히 다양한 해석이 나오는 시어는 '백골'과 '나'와 '혼'이다. 이 셋의 관계를 어떻게 보느냐가 조금씩 다르다. 또한 '지조 높은 개'와 '또 다른 고향'에 대한 해석도 조금씩 다르다.

화자인 '나'는 고향에 돌아와 방에 눕는다. 백골은 고향의 방까지 쫓아와 따라 눕는다. '나'는 옆에 누운 백골을 들여다본다. 함께 누운 백골은 '나'가 버리고 싶은 또 다른 자아, 어둠 속에서 소멸해 가는 자아이다.

'나'는 백골을 들여다본다. 시간의 흐름에 따라 쇠락해 가는 백골을 들여다보니 눈물이 난다. 이 눈물 흘리는 존재가 '나'인지 '백골'인지 '혼'인지 생각한다. '나'와 '백골'에서 하나 더 분화된 자아가 '혼'이다. '혼'은 백골과 대비되는 자아로서 '아름다운'이라는 시어와 결합하여 이상적인 자아를 상징한다고 볼 수 있다. 어쨌든 '나', '백골', '혼'은 모두 자기 자신이다.

이 시는 고향에 돌아와 자기가 누구인지를 성찰하는 이야기다. 어두운 방에 누워 자신을 성찰하면서 우주의 이치를, 신의 계시 같은 소리를 찾아내며 자신을 들여다보는 이야기다. 암울한 시대에 아무것도 할 수 없이 쇠락해 가는 자신을 '백골'이라 칭하며 눈물을 흘린다. 개도 어둠을 보며 짖는데, 어두운 시대에 아무것도 하지 못하는 자신을 슬퍼한다. 어쩌면 저 개는 아무것도 하지 못하는 '나'를 꾸짖는 것 같다고 생각한다. 그래서 '나'는 현실에서 아무것도 하지 못하는 백골을 두고 또 다른 곳으로 가려고 한다. 그곳에서 '나'는 지금의 백골처럼 무기력하지 않을 것이니, 그곳은 아름다운 또 다른 고향이 되리라 생각하며 이 고향을 떠나고자 한다.

'또 다른 고향'은 백골처럼 무기력하게 살지 않는 '아름다운 혼'과 함께하는 곳이다. 이 '또 다른 고향'을 찾아가도록 부추기는 존재가 '지조 높은 개'이다. 어둠을 향해 짖는 개는 무기력한 백골과 같은 '나'를 또 다른 고향으로 향하게 한다.

이 시는 일상적인 자아와 이상적인 자아의 분열과 갈등을 통해 또 다른 고향을 찾고자 하는 의지를 보여준다.

길

잃어버렸습니다.
무얼 어디다 잃었는지 몰라
두 손이 주머니를 더듬어
길에 나아갑니다.

돌과 돌과 돌이 끝없이 연달아
길은 돌담을 끼고 갑니다.

담은 쇠문을 굳게 닫아
길 위에 긴 그림자를 드리우고

길은 아침에서 저녁으로
저녁에서 아침으로 통했습니다.

돌담을 더듬어 눈물짓다
쳐다보면 하늘은 부끄럽게 푸릅니다.

풀 한 포기 없는 이 길을 걷는 것은
담 저쪽에 내가 남아 있는 까닭이고,

내가 사는 것은, 다만,
잃은 것을 찾는 까닭입니다.

잃어버렸습니다 🔍

1941년은 상실의 시대였다. 분명히 있었던 것들이 사라졌다. 그러나 화자는 무엇을 잃어버렸는지, 어디다 잃어버렸는지 모른다. 잃어버렸다는 사실만 분명하다. 무엇을 잃어버린 것일까? 조선어를 잃어버리고, 우리말로 발표된 문학 잡지 《문장》을 잃어버리고, 열정과 젊음을 잃어버리고, 조선인을 잃어버리고, 조선을 잃어버린 시대. 우리에게 1941년은 상실의 시대였다.

돌담 🔍

화자는 주머니 속에 분명히 있었던 소중한 것을 잃어버렸다. 무엇이었는지 어디에서 잃어버렸는지는 모르지만, 그 잃어버린 것을 찾아 길을 나섰다. 돌과 돌과 돌이 끝없이 이어진 돌담을 따라 걷는다. 문이 있어 돌담을 넘어가려고 했으나 쇠문은 굳게 닫혀 있다. 높은 돌담은 긴 그림자를 드리우고 돌담 너머에는 무엇이 있는지 알 길이 없다.

🔍 하늘

또 다른 문을 찾아 돌담을 더듬으며 길을 걷는다. 하늘을 쳐다보니 푸르다. 무엇을 잃었는지 어디에서 잃었는지도 모른 채 그것을 찾으려고 길을 걷는 자신이 부끄럽고 가엾다. 자신에 대한 연민을 느끼며, 무기력하고 나약한 자신이 부끄럽다고 생각한다.

🔍 길

돌담을 따라 이어진 길을 걷는다. 길은 아침저녁으로 언제나 통하고, 끝없이 이어져 있을 것이다. 지금은 풀 한 포기 없이 삭막한 길이지만, 끝없이 이어진 이 길을 걷다 보면 열린 문을 찾게 될 것이고, 담 저쪽에 남아 있는 '나'를 만날 수 있을 것이다. 잃어버린 '나'를 담 저쪽에서 찾을 때까지 '나'는 길을 걸을 것이다.

이 시는 다짜고짜 '잃어버렸습니다'로 시작한다. 무엇을, 어디서, 어떻게, 왜 잃어버렸는지를 말하지 않는다. 말하지 않는 것은 말로 표현할 수 없는 무언가를 잃어버렸기 때문일 것이다. 그렇다면 잃어버린 것은 무엇일까?

화자는 잃어버린 무엇인가를 찾기 위해 주머니를 더듬으며 길을 나선다. 그 길은 돌담을 끼고 있다. 돌과 돌과 돌을 층층이 쌓아 올린 돌담. 돌담은 길을 더 길답게 하지만 길을 막는 존재이기도 하다. 돌담 사이로 문이 있으면 그 문을 통과해 갈 수도 있지만, 이 돌담은 쇠문으로 굳게 닫혀 있다. 거기다 길 위에 긴 그림자를 드리운다. 돌담은 길을 어둡게 하고 다른 곳으로 갈 수 없게 막는다. 그런데 화자가 잃어버린 것이 담 저쪽에 있다. 담 저쪽으로 가려고 돌담을 더듬어 길을 찾아보지만 갈 수가 없다. 슬퍼 눈물짓다 하늘을 쳐다보면 하늘이 푸르다. 푸른 하늘이 화자에게 희망을 준다. 풀 한 포기 없는 길을 아침에서 저녁으로, 저녁에서 아침으로 걷는 것은 이 희망이 있기 때문이다. 언젠가는 담 너머 잃어버린 것을 찾을 수 있다는 희망이 있기 때문이다. 잃어버린 것은 무엇일까? 그것은 또 다른 자아이다.

이 시는 또 다른 자아 찾기의 여정을 그린 작품이다. 그러니까 이 시에서 '길'은 인생이라는 길이다. 아침에서 저녁, 저녁에서 아침으로 끝없이 계속되는 인생이라는 길에서 화자는 또 다른 자아를 찾고 있다. 돌담에 막혀 있고, 풀 한 포기 없는 삭막한 인생의 길. 팍팍하지만 돌담 너머에 지금의 모습과는 다른 이상적인 자아가 있을 것이라 믿는다. 돌담으로 막혀 있고 쇠문으로 굳게 닫혀 있지만, 이 이상적인 자아를 찾기 위해 화자는 길을 걸어가는 것이다. 삶을 살아가는 것이다.

햇살이 좋을 때, 마음이 가라앉을 때, 바람이 살랑살랑 불어올 때 자주 걷는다. 운동화를 신고 조금 느리게 길을 걷는다. 평소에 가던 길이 아니라 새로 난 길이나 가보지 않은 좁은 골목길을 걸어본다. 길을 걸으며 구석에 숨어 눈치를 보는 길고양이를 만날 수도 있고, 아무도 눈길을 주지 않았을 것 같은 풀꽃도 발견할 수 있고, 새로 생긴 맛있는 가게를 찾아낼 수도 있다. 새로운 일상을 발견하게 된다. 새로운 일상에서 만나는 새로운 나. 길은 언제나 새로운 나를 만나는 현장이다.

별 헤는 밤

계절이 지나가는 하늘에는
가을로 가득 차 있습니다.

나는 아무 걱정도 없이
가을 속의 별들을 다 헤일 듯합니다.

가슴속에 하나 둘 새겨지는 별을
이제 다 못 헤는 것은
쉬이 아침이 오는 까닭이요,
내일 밤이 남은 까닭이요,
아직 나의 청춘이 다하지 않은 까닭입니다.

별 하나에 추억과
별 하나에 사랑과
별 하나에 쓸쓸함과
별 하나에 동경과
별 하나에 시와

별 하나에 어머니, 어머니,

어머님, 나는 별 하나에 아름다운 말 한마디씩 불러봅니다. 소학교 때 책상을 같이했던 아이들의 이름과 패, 경, 옥 이런 이국소녀들의 이름과 벌써 애기 어머니 된 계집애들의 이름과, 가난한 이웃 사람들의 이름과, 비둘기, 강아지, 토끼, 노새, 노루, 프랑시스 잠, 라이너 마리아 릴케, 이런 시인의 이름을 불러봅니다.

이네들은 너무나 멀리 있습니다.
별이 아슬히 멀듯이,

어머님,
그리고 당신은 멀리 북간도에 계십니다.

나는 무엇인지 그리워
이 많은 별빛이 내린 언덕 위에
내 이름자를 써보고,

흙으로 덮어버리었습니다.

딴은 밤을 새워 우는 벌레는
부끄러운 이름을 슬퍼하는 까닭입니다.

그러나 겨울이 지나고 나의 별에도 봄이 오면
무덤 위에 파란 잔디가 피어나듯이
내 이름자 묻힌 언덕 위에도
자랑처럼 풀이 무성할 게외다.

가을 🔍

하늘을 바라보면 계절을 알 수 있다. 봄, 여름, 가을, 겨울의 하늘이 모두 다르다. 하늘에는 계절이 나타나 있다. 그중에서도 가을의 하늘은 더없이 높고 푸르고 맑다. 그래서 가을밤 하늘을 올려다보면 쏟아질 듯 별이 가득 차 있고, 유난히 반짝인다. 반짝이는 가을밤 하늘의 별들을 바라보고 있자니 '나'는 아무 걱정도 없다. 좋아하는 것들의 이름을 하나씩 붙여 저 별들을 다 가슴속에 새기고 싶다.

이네들 🔍

'나'는 별 하나하나마다 이름을 붙여본다. 저 별은 추억, 저 별은 사랑, 저 별은 쓸쓸함, 저 별은 동경, 저 별은 시, 저 별은 어머니. 그리고 별 하나에 아름다운 말 한마디씩 불러본다. 추억이 깃든 사람들의 이름, 사랑하는 사람들의 이름, 가난한 이웃 사람들의 이름, 동물들과 시인들의 이름들을……. 그러나 이네들은 모두 아름답지만 내 곁에 없다. 저 멀리 있어서 내가 언제나 그리워하는 존재이다. 저 멀리 별처럼 말이다.

어머니	🔍

아름다운 이름 가운데 가장 그리운 이름은 어머니다. 가장 아름다운 존재이 자 별처럼 아슬히 멀리 북간도에 계신 어머니. 어머니가 그리워 하늘도 쳐 다보고 별도 세어본다. 어머니와 떨어져 지내고 있는 '나'의 현실이 외롭고 답답하다. 언덕 위에 앉아 그리운 마음에 그들과 가까이 있고 싶어 '나'의 이름을 적어보았다. 이 아름다운 것들에 비해 '나'의 이름은 작고 미약해서 부끄럽기만 하다.

이름	🔍

가을밤 풀벌레가 우는 것처럼 '나'도 운다. 언덕 위에 부끄러운 '나'의 이름 을 적고 보니 문득 슬퍼졌기 때문이다. 이름은 내가 나로 존재하는 데 꼭 필 요한 것이기에 자기 정체성의 일부분이다. 이름이 부끄럽다는 건 곧 자신이 밤하늘에 반짝이는 아름다운 별들에 비해 작고 보잘것없다는 슬픈 고백이 다. '나'는 별처럼 빛나지 못하는 자신의 이름이 부끄러웠기 때문에 언덕 위 에 쓴 자기 이름을 흙으로 덮어버렸다. 그러나 시간이 지나 '나'의 인생에도

봄이 오면, 죽음 같은 겨울을 극복하고 다시 무성하게 자라는 풀처럼 반짝
반짝 빛나는 삶을 살 수 있을 것이다.

지리산 피아골 계곡에서 쏟아지는 별을 본 적이 있다. 어둠뿐인 계곡에서 고개를 들어 하늘을 보니 쏟아지듯 별이 총총했다. 아마 그때도 가을이었을 것이다. 총총한 별을 보면서 이 시가 떠오르는 것은 당연한 일이었다. 이 시를 떠올리면서 '별은 세는 것이 아니라 헤는 것이구나.' 하며 별에 빠져든 적이 있다.

별은 지상에서 아주 멀리 떨어져 있다. 아스라이 멀리 떨어져 어둠 속에서 빛나는 별. 화자는 맑은 가을밤, 별들을 바라본다. 아무 걱정도 없이 별을 헤며 가슴속에 새긴다. 오늘 밤 별을 다 헤지 못해도, 다 새기지 못해도 괜찮다. 내일 밤이 있고, 별을 헤일 청춘이 있기 때문이다. 편안한 마음으로 어둠에서 찬란하게 빛나는 별을 헤며 추억과 사랑과 쓸쓸함과 동경과 시와 어머니를 그리워한다. 그러면서 별 하나에 그립고 아름다운 이름들을 새긴다. 별처럼 멀리 있지만 아름다운 이름들. 어린 시절의 아름다운 기억들을 산문처럼 펼친다. 이국 소녀들의 이름, 계집애들의 이름, 가난한 이웃 사람들의 이름, 동물들의 이름, 시인의 이름을 가슴에 새기며 부른다. 저 멀리 북간도에 계신 어머니도 마음속에 새겨넣는다.

이렇게 별을 보며 상념에 젖다가 자신의 모습을 되돌아보며 자신의 이름을 언덕 위에 써본다. 그런데 부끄럽다. 부끄러워 흙으로 덮어버린다. 왜 부끄러울까? 제대로 살지 못한 자신의 모습이 부끄러웠을 것이다. 이 부끄러움을 이해하기 위해서는 당시의 시대적 상황을 이해해야 한다. 윤동주가 이 시를 쓴 때는 연희전문학교 4학년 때다. 대학을 마치고 일본 유학을 가기 위해 어쩔 수 없이 창씨개명을 했는데, 창씨개명을 한 그 행동이 부끄러웠던 것이다. 어쩌면 그 행동이 벌레 같은 행동이라는 생각이 들었을 수도 있다. 그래서 가을벌레가 우는 소리가 더욱 슬펐을 것이다. 제대로 살지 못하는 자신이 부끄러운 것이다.

그러나 겨울 같은 이 시대가 끝나고 우리 땅에도 봄이 오면, 이름자 묻은 이 언덕에 풀이 푸르게 피어날 것이라 믿는다. 지금은 어쩔 수 없이 창씨개명을 해야 하는 가혹한 상황이지만 이 고통의 시간이 지나면 '나'의 별에도 봄이 오고 풀이 무성한 희망의 시대가 올 것임을 믿는다.

별을 헤며, 별처럼 빛나던 시절을 그리워하며, 별 같은 시절이 되기를 희망하는 이 시는 맑은 가을처럼 청량하면서도 시리다.

서시

죽는 날까지 하늘을 우러러
한 점 부끄럼이 없기를,
잎새에 이는 바람에도
나는 괴로워했다.
별을 노래하는 마음으로
모든 죽어가는 것을 사랑해야지
그리고 나한테 주어진 길을
걸어가야겠다.

오늘 밤에도 별이 바람에 스치운다.

서시

원래 이 시는 제목이 없었다. 시집을 만들 때 맨 앞부분에 '시인의 말'처럼 쓴 시다. 나중에 시집의 첫머리에 서문 대신 쓴 시라는 뜻으로 '서시'라는 제목을 붙인 것이다. 시집의 첫머리, 인사말과 같은 역할을 하는 이 시는 오늘날 많은 사람이 좋아하는 시면서 윤동주가 하고 싶은 말, 시인으로서의 다짐이 잘 나타나 있는 시다.

부끄럼

윤동주의 시에는 유독 '부끄러움'이라는 단어가 많이 등장하는데, <별 헤는 밤>, <쉽게 씌어진 시>, <사랑스런 추억>, <또 태초의 아침>, <참회록>, <길>, <코스모스>, <서시>에서 '부끄러움'이라는 시어를 사용하고 있다. 부끄러움은 '일을 잘 못하거나 양심에 거리끼어 볼 낯이 없거나 매우 떳떳하지 못한 느낌이나 마음'이라는 뜻이다. 하늘을 우러러 양심의 거리낌 없이 당당하고 싶은 마음. 1941년을 살고 있던 윤동주가 바라는 바이기도 했겠지만, 오늘날에도 꼭 필요한 마음이 아닐까 싶다.

별을 노래하는 마음

별을 바라보면서 부정적인 마음을 갖기는 참 어렵다. 어두운 밤하늘에 반짝거리는 별을 바라보고 있으면 그동안의 잘못을 반성하게 된다. 그리고 내 인생에 아름답고 소중한 것들을 떠올리며 그들의 행복을 빌게 된다. 작고 연약한 것들, 모든 생명의 안녕을 빌게 된다.

주어진 길

'주어진 길이 아니라 스스로 만들어가는 길을 걸어가야 하지 않을까?'라고 생각하다가도, 나에게 주어진 길을 걸어가기에도 힘든 시절이라는 것을 떠올려 보면, 당시의 고민이 얼마나 깊었을지 가늠할 수 있을 것이다. 게다가 현재까지도 역사의 아픔이 채 치유되지 않은 상황을 생각해 보면, 우리야말로 우리에게 주어진 길이 아니라 스스로 새로운 역사를 만들어가야 하는 것이 아닐까 생각하게 된다. 부끄럽지 않도록 말이다.

이 시는 윤동주가 시집을 내기 위해 서문처럼 쓴 시다. 그래서 처음에는 제목이 없었으나 유고시집이 나오면서 '서시'라는 제목의 시가 되었다. 제목처럼 이 시는 자신의 마음을 여는 이야기다. 시인으로 살아가야 할 삶의 자세를 이야기하고 있다. 부끄럼 없이 묵묵히 자신의 삶을 살고자 하는 마음을 이야기한다.

하늘을 우러러 한 점 부끄럼 없이 살기를 소망하는 화자. 그래서 잎새를 흔드는 바람에도 괴로워하는 화자. 지독히도 순수하고자 하는 화자의 자기 성찰이 아프다. 그 아픈 성찰을 통해 별을 노래하고자 하는 화자. 죽어가는 것을 사랑하고자 하는 화자. 죽어가는 것은 힘들게 살아가는 것들이다. 힘없는 것들과 함께하고자 하는 연대의 마음. 그런 마음이 참 따뜻하다. 그리고 이런 마음으로 주어진 길을 살아가겠다고 다짐한다. 하늘에 부끄럽지 않고 양심에 따라 약한 존재들과 연대하면서 살아가겠다고 한다. 그런데도 여전히 '나'를 괴롭게 하는 바람이 별을 스친다.

일제 강점기라는 시대적 상황은 부끄럼 없이 살고자 하는 시인의 삶을 괴롭게 한다. 별을 노래하는 것조차, 죽어가는 것을 사랑하는 것조차 힘들게 하는 시대이다. 그래도 자기에게 주어진 운명을 묵묵히 걸어가겠다고 다짐한다.

간

바닷가 햇빛 바른 바위 위에
습한 간을 펴서 말리우자,

코카서스 산중에서 도망해 온 토끼처럼
둘러리를 빙빙 돌며 간을 지키자.

내가 오래 기르던 여윈 독수리야!
와서 뜯어 먹어라, 시름없이

너는 살지고
나는 여위어야지, 그러나,

거북이야!
다시는 용궁의 유혹에 안 떨어진다.

프로메테우스 불쌍한 프로메테우스
불 도적한 죄로 목에 맷돌을 달고

끝없이 침전하는 프로메테우스.

둘러리 둘레.

간	🔍

심장이 아니라 왜 간일까? 간은 재생된다. 그래서 간을 타인에게 이식해 주기도 한다. 심장은 하나밖에 없어 유일무이하다. 심장이 멈추면 죽는다. 그러나 간은 절반쯤만 있어도 산다. 그래서 용왕에게 간을 꺼내놓고 왔다고 상대를 속일 수도 있고, 독수리에게 뜯어 먹혀도 다음 날이 되면 다시 자라난다. 이런 이유로 간이 이야기의 소재로 자주 등장하는 것인지 모르겠다.

토끼	🔍

토끼는 거북이의 유혹에 빠져 바닷속 용궁까지 갔다가 기지를 발휘하여 가까스로 육지로 돌아왔다. 바다에 빠져 젖었던 간을 말리는 것은 다시는 유혹에 빠지지 않겠다는 다짐의 표현이다. 다시 간을 뺏기지 않게 간을 지키며 바닷물에 젖은 간을 햇빛에 말린다. 헛된 희망과 과한 욕심에 빠지지 않겠다고 다짐한다.

독수리

독수리는 매일 프로메테우스의 간을 쪼아 먹는다. 프로메테우스는 독수리로 인해 고통을 받고, 독수리는 프로메테우스가 저지른 행동을 계속 떠올리게 한다. '나'가 기르던 독수리 역시 '나'의 간을 쪼아 먹으면서 '나'를 각성하게 한다. 육체적인 '나'는 비록 여위어가더라도 '나'의 간을 쪼아 먹는 독수리는 살쪄서 '나'를 일깨워줄 것이다.

프로메테우스

신의 명령을 거역하고 인간에게 불을 주었던 프로메테우스. 그의 행동은 인간에게는 축복이었으나 자신에게는 영원한 고통이자 희생이었다. 그래서 화자는 토끼처럼 다시 유혹에 빠지지 않겠다고 다짐한다. 프로메테우스처럼 자신은 야위더라도 인간을 위해 희생하는 아픔을 감수하면서 무거운 죄를 매달고 바닷속으로 침전하더라도 그 희생의 길을 계속 가겠다고 다짐한다.

인간의 장기 중 가장 크다는 간. 이 시는 이런 간을 토대로 만들어진 이야기 둘을 절묘하게 연결하여 풀어나간 작품이다. 하나는 우리나라의 <토끼전>이고, 다른 하나는 서양의 <프로메테우스 신화>이다. <토끼전>은 죽을 병에 걸린 용왕이 낫기 위해서 토끼의 간이 필요하다는 말을 듣고 거북이(자라)가 토끼를 꾀어 용궁으로 데려온다. 죽을 위험에 처한 토끼가 지혜를 발휘하여 간을 산에 놓고 왔다는 거짓말로 위기를 탈출한다는 이야기다. <프로메테우스 신화>에서 프로메테우스는 제우스를 속이고 불을 훔쳐 인간에게 선물한다. 이 죄로 프로메테우스는 코카서스 산 바위에 묶여 독수리에게 간을 쪼아 먹히는 벌을 받는다. 이 두 이야기에서 간은 힘을 상징한다. 토끼의 간은 죽을 용왕도 살릴 수 있는 명약이고, 제우스가 독수리에게 프로메테우스의 간을 쪼아 먹게 하는 것은 그의 힘을 없애기 위함이다.

시인은 이 두 간을 절묘하게 연결한다. 용궁에서 겨우 살아온 토끼는 습한 간을 말린다. 간을 말리는 햇빛 바른 바위가 있는 이 산은 코카서스 산이 된다. <토끼전>의 토끼가 사는 곳이 프로메테우스가 묶여 있는 코카서스 산이 된다. 독수리가 프로메테우스의 간을 쪼아 먹는 곳, 그러니 둘레를 빙빙 돌며 간을 잘 지켜야 한다. 그러나 힘이 약한 '나'는 간을 지키는 게 힘들다. 그래서 '나'가 키우고 있는 독수리에게 이 간을 먹인다. 물론 이 독수리는 화자의 또 다른 자아이다. 토끼가 힘이 약한 '나'라면 독수리는 힘이 강한 '나'이다. 그러나 아직 독수리는 여위었다. 이 간을 먹고 힘을 내야 한다. 간을 먹고 힘이 강해져야 다시는 용궁의 유혹에 빠지지 않는다.

그러고 보면 간을 쪼아 먹히는 '나'는 프로메테우스이다. 인간에게 불을 선물한 죄로 날마다 간을 쪼아 먹히는 프로메테우스. 화자는 그런 프로메테우스가 되고자 한다. 목에 맷돌을 메고 끝없이 침전하는 희생의 존재가 되고자 한다. 그렇게 강한 존재가 되고자 한다.

참회록

파란 녹이 낀 구리거울 속에
내 얼굴이 남아 있는 것은
어느 왕조의 유물이기에
이다지도 욕될까.

나는 나의 참회의 글을 한 줄에 줄이자.
— 만 이십사 년 일 개월을
　무슨 기쁨을 바라 살아왔던가

내일이나 모레나 그 어느 즐거운 날에
나는 또 한 줄의 참회록을 써야 한다.
— 그때 그 젊은 나이에
　왜 그런 부끄런 고백을 했던가.

밤이면 밤마다 나의 거울을
손바닥으로 발바닥으로 닦아보자.

그러면 어느 운석 밑으로 홀로 걸어가는
슬픈 사람의 뒷모양이
거울 속에 나타나 온다.

구리거울 🔍

구리거울은 사라진 왕조의 유물이다. 파란 녹이 낀 구리거울. 그 구리거울로 '나'를 들여다본다. 거울에 '나'의 얼굴이 보인다. 욕되고 부끄럽다. 녹이낀 구리거울이 그렇고, 그 거울에 보이는 '나'가 그렇다. 그래서 '나'는 참회의 글을 쓴다. 그러나 구리거울에는 파란 녹이 끼어 있어 '나'의 모습을 정확히 바라볼 수가 없다. '나'의 참모습을 파악할 수가 없다.

참회록 🔍

자기의 잘못을 깨닫고 깊이 뉘우치는 것을 참회라고 한다. 그동안 내가 저지른 잘못을 한 줄로 줄여 참회록을 적어본다. '나는 무슨 기쁨을 바라며 살아왔던가'라고. '나'는 만 24년 1개월 동안 기쁨도 없이 무기력하게 살아왔던 것이다. 그런데 왜 지금 그 잘못을 뉘우치는 것인가?

부끄런 고백

'나'의 얼굴을 비추는 구리거울은 녹이 잔뜩 끼어 있다. 그 거울에 비친 '나'는 아무런 기쁨도 없이 살아왔다. 현실은 부끄럽고 암담하기만 하다. 기쁨도 즐거움도 없는 날이다. 그래서 '나'는 참회록을 썼다. 그러나 가까운 미래에 즐거운 날이 오게 되면 '나'는 만 24년 1개월에 썼던 무기력하고 아무것도 하지 못했다는 고백, 그 참회록을 부끄러워하게 될 것이다.

슬픈 사람

밤마다 파란 녹이 낀 구리거울을 손바닥으로 발바닥으로 닦는 것은 잘못을 참회하고 자아 성찰을 하겠다는 의미다. 시대에 뒤처진 채 무기력하게 녹슨 거울을 들여다보는 것을 그만하고, 거울을 닦으며 자기의 얼굴을 정확하게 비추겠다는 의지의 표현이다. 밤마다 거울을 닦으며 성찰을 하면 '나'의 모습이 나타날 것이다. 그때 '나'는 땅에 떨어진 운석 밑으로 홀로 걸어가는 슬픈 뒷모습을 보이며 나타날 것이다.

참회는 부끄러워하여 뉘우치는 것을 말한다. 자신의 지난날을 되돌아보고
잘못을 참회하는 이 시는 그 참회의 도구로 거울을 활용한다. 구리거울은
<자화상>에서 우물과 같은 역할을 한다. 그 구리거울에 파란 녹이 끼었다.
녹은 사물을 산화시켜 쇠붙이의 표면을 더럽게 만드는 것을 말한다. 더러운
녹이 긴 구리거울은 빼앗긴 조선 왕조의 모습 같다. 제대로 닦지 않아 거울
로서의 생명력이 없다. 그런 거울 속에 '나'의 얼굴이 남아 있다. 부끄럽다.
참회해야 한다.

만 24년 1개월을 참회한다. 살아온 삶 전부를 참회한다. 기쁨 없이 무기
력하게 살아온 지난날을 참회한다. 제대로 살지 못한 삶을 참회한다. 일제
강점기 동안 아무것도 하지 않고 무기력하게 살아온 나날들을 참회한다.

그러나 이 참회록은 오늘로 끝이 아니다. 나라가 해방되는 즐거운 날 또
참회록을 써야 한다. 어쩔 수 없이 그렇게 살아왔다고 썼던 오늘의 참회를
다시 참회해야 한다. 무기력하게 살 수밖에 없었다는 참회를 다시 참회해야
한다. 해방을 위해 노력하지 않은 자신을 참회해야 한다.

참회는 이 어두운 시대, 녹슨 구리거울을 온몸으로 닦는 일이다. 파란 녹
이 긴 구리거울을 닦는 일이다. 거울이 거울의 생명력을 갖게 닦아야 한다.
닦는다는 것은 그러고 보면 자기를 성찰하는 일이다. 제대로 자신을 보기

위한 성찰이다. '나'의 참모습이 어떤 모습인지 알아보기 위해 손바닥으로 발바닥으로 거울을 닦는 일은 '나'의 부끄러움을 없애는 일이다. 참회하는 일이다. 그러면 마지막 빛을 내며 떨어지는 별똥별 아래로 '나'의 모습이 보일 것이다. 부끄럽게 살아 슬픈 모습이지만 파란 녹이 사라진 거울 속에 홀로 걸어가는 모습이 보일 것이다.

　윤동주는 이 시를 쓰고 나서 닷새 후에 창씨개명계를 제출했다고 한다. 일본 유학을 위해 창씨개명을 해야만 했던 부끄러움을 이 시로 표현한 듯하다. 부끄럽고 욕된 자신의 모습을 참회한다. 이 참회는 다시 해방되는 날 부끄러운 고백이 될 것을 안다. 그래서 살아남기 위해서, 살아가기 위해서 한 자신의 부끄러운 행동을 참회한다. 참회하면서 온몸으로 거울을 닦는다. 자신을 성찰한다. 부끄러움을 조금씩 지운다. 그래야 슬프지만, 혼자이지만, 뒷모습이지만, 자신을 비추는 거울 속에 나타날 수 있기 때문이다. 참회해야 '나'가 존재할 수 있기 때문이다.

쉽게 씌어진 시

창밖에 밤비가 속살거려
육첩방은 남의 나라,

시인이란 슬픈 천명인 줄 알면서도
한 줄 시를 적어볼까,

땀내와 사랑내 포근히 품긴
보내주신 학비 봉투를 받아

대학 노트를 끼고
늙은 교수의 강의를 들으러 간다.

생각해 보면 어린 때 동무들
하나, 둘, 죄다 잃어버리고

나는 무얼 바라
나는 다만, 홀로 침전하는 것일까?

인생은 살기 어렵다는데
시가 이렇게 쉽게 씌어지는 것은
부끄러운 일이다.

육첩방은 남의 나라,
창밖에 봄비가 속살거리는데,

등불을 밝혀 어둠을 조금 내몰고,
시대처럼 올 아침을 기다리는 최후의 나,

나는 나에게 작은 손을 내밀어
눈물과 위안으로 잡는 최초의 악수.

육첩방   🔍

육첩방은 일본식 돗자리인 다다미가 6장 깔린 방을 뜻한다. 일본 전통 가옥
에서 중간 크기인 3평 정도 크기의 방이다. 후텁지근한 밤, 비는 내리고 '나'
는 낯선 남의 나라 육첩방에 홀로 있다. 가족과도 떨어진 채 무얼 바라고 여
기에 이러고 있는지 모르겠다. 남의 나라 육첩방은 '나'의 모습을 돌아보게
하는 곳이다.

침전하는 것   🔍

남의 나라에 와서 고국에서 보내주신 학비로 편하게 유학 생활을 하는 자신
이 부끄럽다. 여기서 '나'가 하는 일이라곤 고작 늙은 교수의 강의를 들으며
시를 끄적이는 것뿐이다. 어릴 적 동무와도 멀리 떨어진 채 홀로 가라앉고
있는 자신에 대해 회의가 생긴다. 무슨 부귀영화를 누리겠다고 이러고 있는
걸까?

쉽게 씌어진 시

시인은 왜 슬퍼야 하는 운명인 걸까? 인생은 이렇게 어려운데 시는 왜 쉽게 써지는 걸까? 시인이란 작고 사소하고 아픈 것에 관심을 두고 그들의 목소리를 대신하는 것인데, '나'는 과연 그렇게 살고 있는가? 시에는 사람들의 삶과 인생이 담겨 있어야 하는데, 그런 시를 쓰고 있는가? 시인이라는 이름에 부끄럽지 않게 살고 있는가? 생활과 삶, 인생에 대한 고민과 아픔도 없이 일상을 사는 자신의 모습이 부끄럽기만 하다. 책상에 앉아 시를 끄적이고 있는 모습이 부끄럽다.

최초의 악수

'최후의 나'는 등불을 밝혀 어둠을 조금이나마 내몰고 아침을 기다린다. 그리고 '최후의 나'는 홀로 남의 나라에 와서 부끄러워하며 침전하는 '나'에게 손을 내민다. 괴로움과 부끄러움에 눈물 흘리고 있을 '나'에게 위안이 되도록 '최후의 나'는 손을 내밀어 '나'와 악수를 하며 '나'를 위로할 것이다.

속살거리듯 비 내리는 밤, 화자는 육첩방에 앉아 있다. 육첩방은 일본식 돗
자리 여섯 장이 깔린 방이다. 남의 나라인 일본에 유학 와 있는 화자. 화자는
시인의 삶을 살고 싶다. 시로 시대의 무엇 하나 바꿀 수 없어 슬프지만, 천명
으로 알고 시를 쓰고자 한다.

부모의 땀내와 사랑내 그득한 학비를 받아 유학을 왔건만, 새로운 학문을
배우러 왔건만, 현실은 늙은 교수의 낡고 늙은 지식이나 듣는 자신을 되돌
아본다. 어렸을 때 함께했던 동무들 죄다 잃어버리고 남의 나라에 와서 지
금 무엇을 바라며 살아가는가? 무얼 바라 이곳까지 유학 와서 이곳에서 침
전하는가?

인생은 살기 어렵다는데, 그 인생을 담은 시를 이렇게 쉽게 쓰는 것은 참
으로 슬프고 부끄러운 일이다. 창밖에는 비가 내리는데, 이 남의 땅 육첩방
에 앉아 '나'는 무엇을 하고 있는 것인가? 이렇게 쉽게 시를 쓰는 '나'는 누
구인가? 자신의 생각 속에 침전하면서 화자는 자신의 삶을 반성한다. 이곳
에서 자신이 무엇을 해야 하는지 성찰한다.

그러면서 본다. 햇빛도 아닌, 달빛도 아닌, 작은 등불이라도 밝혀 어둠을
조금이라도 내몰고자 하는 자신의 모습을 본다. 시대의 아침을 기다리는 자
신을 본다. 이 유학이 등불을 밝히고 아침을 기다리는 일임을 깨닫는다. 그

래서 좌절감에 빠져 있는 자신에게 작은 손을 내밀어 눈물과 위안의 악수를 청한다. 아픈 '나'에게 슬픔을 이겨내라고 스스로 위안의 손을 내민다.

이 시는 윤동주가 일본에 유학하면서 쓴 시다. 부모가 보내준 돈으로 편하게 유학 생활을 하는 자신의 부끄러움을 되돌아보면서, 자신을 성찰하면서, 자신에게 위안을 보내는 시다. 시를 쓰는 일이 슬프지만, 천명으로 알고 살아가는 윤동주가 윤동주에게 보내는 위안의 시다.

이 시를 소리 내어 읽다 보면 비슷한 시가 떠오른다. 남한에 알려진 백석의 마지막 작품인 〈남신의주 유동 박시봉방〉이다. 〈쉽게 씌어진 시〉도 윤동주의 알려진 작품 중 마지막 작품이다. 백석의 〈남신의주 유동 박시봉방〉과 윤동주의 이 시는 자신의 지난 삶을 돌아보며 자신의 정체성에 대해 고민하는 시다. 백석은 갈매나무를 떠올리며 자신의 정체성을 찾고, 윤동주는 자신과의 화해를 통해 정체성을 찾는다.

윤동주를 읽다

시대의 아픔과 부끄러움에 대한 성찰

1판 1쇄 발행일 2020년 2월 24일
1판 5쇄 발행일 2023년 6월 5일

지은이 전국국어교사모임

발행인 김학원
발행처 (주)휴머니스트 출판그룹
출판등록 제313-2007-000007호(2007년 1월 5일)
주소 (03991) 서울시 마포구 동교로23길 76(연남동)
전화 02-335-4422 팩스 02-334-3427
저자·독자 서비스 humanist@humanistbooks.com
홈페이지 www.humanistbooks.com
유튜브 youtube.com/user/humanistma 포스트 post.naver.com/hmcv
페이스북 facebook.com/hmcv2001 인스타그램 @humanist_insta
편집책임 문성환 편집 윤무재 디자인 유주현
용지 화인페이퍼 인쇄·제본 정민문화사

ⓒ 전국국어교사모임, 2020
ISBN 979-11-6080-370-9 43810